いえ

小野寺史宜

JN151194

祥伝社文庫

目次

三月　雨

『羽鳥《はとり》』にでも行く?」とおれが言い、

「何で?」と若緒《わかお》が言う。

「いや、何でってこともないけど。たまにはクリームソーダでも飲もうかと思って」

「クリームソーダ。好きなの?」

「そうでもないけど。でも、ほら、たまには飲みたくなるじゃん」

「なる?」

「飲みたくなるというか、見たくなるよな。飲みものとしては毒々しいあの独特な緑を」

「行きたいなら一人で行けば?」

「おれぐらいの歳の男が一人でクリームソーダっていうのも、変だろ」

「お兄ちゃんぐらいの歳の男が妹とクリームソーダっていうのは、もっと変だと思うよ」

「ならクリームソーダは飲まないから」

「は?　クリームソーダを飲みに行くんでしょ?」

「じゃあ、飲む」

「何それ」

「いいじゃん。飲もうぜ、クリームソーダ。若緒はクリームソーダじゃなくてもいいから」

「おごってくれるの？」

「うん。おごるよ」

「ケーキとかも食べていい？」

「いいよ」

「だったら行く」

というわけで。若緒は『羽鳥』に行くことを了承した。時間はあったのだと思う。大学は春休みだし。今日は会社説明会もないようだし。

『羽鳥』というのは、喫茶『羽鳥』。近所にあるごく普通の喫茶店だ。二階建ての一軒家、その一階を店にした感じ。テーブルも木で床も木。昭和からやってるらしいが、今は改装されてきれいになってる。

もう何年も行ってない。そこまで近いと、案外行かないのだ。コーヒーなら家でも飲める。しかもウチはインスタントではなく、ちゃんと豆を挽《ひ》いて淹《い》れる。近所の喫茶店にわざわざ行く必要がないのだ。

とはいえ、小学生のころは両親に連れられてたまに行った。かき氷を食べた記憶がある。クリームソーダを飲んだ記憶もある。この緑は強烈だな、と子どもながら思った。うまかったが。

若緒と二人、準備をして家を出る。準備といっても、部屋着を普段着に替える程度。荷物はなし。手ぶら。

喫茶『羽鳥』までは徒歩五分。若緒は六分かかる。おれがそれに合わせる。合わせてることに気づかれないように。気づかれたとしても意識はさせないように。

若緒は大学三年生。先月会社説明会のことを何度か訊《き》かれたので、今日は自分から声をかけた。場所はどこにするか迷い、喫茶『羽鳥』を思いついた。兄妹、家で話すよりはまし、ということで。

家を出て六分で、入店。

お客は一人もいない。奥の四人掛けのテーブル席に座る。若緒は壁側で、おれはその向かい。

カウンターから店主さんがやってくる。たぶん、というかほぼ確実に、羽鳥さん。喫茶『羽鳥』は、羽鳥さんがやってるからその名前なのだ。

羽鳥さんは、一言で言えば、おばあちゃん。おれが小学生のころはまだおばちゃん寄りのおばあちゃんだったが、今はもう寄ってない。完全なおばあちゃんだ。

「いらっしゃい」と羽鳥さんは言い、トレーで運んできた布製のおしぼりとグラスの水をテーブルに置く。

そのテーブルにメニューは置かれてない。そういえば昔もそうだったな、とカウンター側の壁を見る。

漫画雑誌が収められた棚の上部に手書きのメニュー表が掛けられてる。ここからだと読みとれないが、羽鳥さんを待たせて見に行くのも悪いので、もう頼んでしまう。

「コーヒーをお願いします」

「じゃあ、わたしも」

「ホットでいい？　アイスじゃなくて」と羽鳥さん。

おれと若緒の声がそろう。

「はい」

「若い人はこの時期でもアイスコーヒーを飲むから、一応、確認」

若緒がこんなことを尋《たず》ねる。

「前は、おじさんがこのお店をやられてましたよね？」

「あら、知ってる？」

「はい。小さいころに来たことがあるので」

「そうなの。ごめんなさい。覚えてないわ。もうおばあちゃんだから」

「覚えてらっしゃらなくて当然だと思います。十二、三年前で、わたしはまだ小学生でしたし」

「十二、三年前。だったらそうね。そのころは主人がやってた。まだ生きてたから。ケンキチさん。憲法の憲に吉田《よしだ》の吉で、憲吉。ここはその憲吉さんが始めたの。家を改築して喫茶店をやるなんていきなり言うもんだから、驚いちゃった」

「いきなりだったんですか？」

「そう。いきなり。わたしに話したときにはもう工事の業者さんを頼んじゃってた。どうすんのって思ったわよ。家が狭くなっちゃうから」

「お店がうまくいくとも限らないですもんね」

「そうそう。でもその辺は慎重だったわね。憲吉さんはジャズが好きだったから初めはそれをかけようとしたんだけど、やっぱりやめたの」

「どうしてですか？」

「そういうお店にすると、客層を狭めちゃうから。ジャズに興味がない近所の人たちを遠ざけちゃうでしょ？　だから、カウンターにいる憲吉さん自身が楽しめる程度の小さい音で流すようにした」

「へぇ。昔はそうだったんですね」

「わたしはたまに手伝いだけしてたの。憲吉さんが亡くなったときにやめようかとも思ったんだけど、もったいないから続けちゃった。キクコは店をやんなくていいからなって、亡くなる前に憲吉さんは言ってたんだけどね。そう言われたから、何か、逆にやっちゃったわよ」

逆にやっちゃった、というその言葉に笑う。わかるような気がする。そう言われたら、逆にやっちゃうかもしれない。

「キクコさんなんですね、羽鳥さん」と若緒が言う。

「そう。菊の花の菊で、菊子」

「初めて知りました。お名前」

確かに、初めて知った。たぶん、おれと若緒をここに連れてきた父と母も知らないだろう。たまにこの店の話になっても、『羽鳥』のおばあちゃん、と言うだけだから。

羽鳥さんがいきなり尋ねる。

「お二人は、カップルさん？」

「いえいえ」とおれがあわてて否定する。「兄妹です。近くに住んでます」

「そうなの。何さん？」

「三上です」

「ミカミさん。駅のほう？」

「いえ、川のほうです。川沿いです」

「堤防の辺り？」

「はい」

「ごめんなさいね、お話しちゃって。コーヒー、持ってきます。ちょっと待っててね」

羽鳥さんはカウンターへ戻っていく。

カウンターは出入口のそば。メニュー表が掛けられた壁の向こう側なので、ここからは見えない。

おれは若緒に言う。

「カップルだと思われるんだな」

「それはそうでしょ。兄妹だとは思わないよ。普通、兄妹で喫茶店には来ない」

「来ない、か？」

「来ないよ。わたしたちだって初めてじゃない」

でも羽鳥さんがあれこれ話してくれたおかげで、緊張は少し解けた。

若緒がおしぼりをとり、両手を拭《ぬぐ》う。そしてそのおしぼりを鼻に近づける。

「ちょっとミントの匂い、しない？」

おれも手を拭《ふ》き、匂いを嗅《か》ぐ。

「ほんとだ。するな」

「フードメニューを頼んだわけでもないのにおしぼりを出してくれるって、いいね」

「うん」

「憲吉さん。ダンナさんを名前にさん付けで呼ぶのもいい」

「そうだな」

「といって、ウチのお母さんがお父さんを達士《たつし》さんて呼んだら、ちょっと気持ち悪いけど」

「それも、そうだな」

「でも菊子さんが憲吉さんをそう呼ぶのは、あり」

若緒は早くも羽鳥さんを菊子さんと呼ぶ。そのあたりは柔軟なのだ。兄とちがって。

「で、そうそう。クリームソーダ、頼まないじゃない」

「あぁ。忘れてた。こういう店に来ると、ついコーヒーを頼んじゃうんだよな。いつもそうだから。クリームソーダ、今もあるのかな」

若緒がイスから立ち上がり、壁のメニュー表を見に行く。

そこまではわずか五、六歩。それでもわかってしまう。何が？　若緒が左足を引きずってることが。

すぐに戻り、若緒はイスに座りながら言う。

「だいじょうぶ。あるよ」

「じゃあ、今度頼むよ」

「いいよ、無理して飲まなくても。別にわたしが飲ませたいわけじゃないんだから」

と、まあ、そんなことを話してるうちに、コーヒーが運ばれてくる。

若いウェイトレスみたいにトレーを片手持ち、なんてことはしない。羽鳥さんはそれを両手でしっかり持ち、ゆっくり歩いてくる。

「はい、お待たせ。コーヒーお二つね」

「ありがとうございます」と若緒。

「いいんだよね？　ホットで」

「だいじょうぶです」とおれ。

白いソーサーに載せられた白いカップがそれぞれの前に置かれる。あとは、銀色の小さな容器に入れられたミルク。砂糖は、陶器に入れられたものが初めからある。

「ごゆっくりね」と言い、羽鳥さんはゆっくりと去っていく。

おれは砂糖もミルクも入れない。若緒はミルクを少しだけ入れる。

「入れんの？」と尋ねる。

「入れるよ」と若緒は答える。「ちょっとだけ入れるのが好きなの」

「家では入れないよな？」

「ウチで買ってるのは、個別になってる使いきりタイプのやつだから。あれ一個だと多いの。残りを全部捨てるのはもったいないから、一人のときは入れない。お母さんも飲むときだけ、開けたのをちょっともらう」

「あれはそういうことか」

「そう。お母さんのを横どりしてると思ってた？」

「そうは思わないけど、何でもらうのかなとは思ってた」

「思ってたんなら訊きなよ」

「訊くほどのことでもないだろ」

ともにカップを手にし、コーヒーを一口飲む。

「おいしいね」と若緒。

「うん」とおれ。

家で豆を挽くといっても、手動のミルでゴリゴリやるわけではない。コーヒーメーカーに付いてる電動ミルでヴ～ンとやるだけ。

やるのは母。おれはやらない。一人のときは、面倒だからインスタントで済ませる。母がやってくれるときだけ、レギュラーコーヒーを飲む。飲む直前に豆を挽いたほうがおいしいからと、母はいつもそうするのだ。

母が淹れてくれたコーヒーは確かにうまい。自分で入れたインスタントを飲むと、ちがいをはっきり感じる。

で、母が淹れてくれたそのコーヒーよりも、『羽鳥』のこのコーヒーはうまい。

羽鳥菊子さん。侮《あなど》れない。やはり店で飲むコーヒーはうまいのだと実感する。近所でも、わざわざ行くべきかもしれない。

二口三口とコーヒーを飲む。若緒も飲む。そして兄妹同じタイミングでカップをソーサーに置く。

「それで」と若緒が言う。「何か話でもあるの？」

「いや、そういうわけでは」と返す。

「どう見てもそういうわけでしょ。これで話がなかったら、それはそれで気味が悪いよ」

「話というほどの話はないよ。ただ」

「ただ？」

「若緒も就活だなぁ、と思って」

「ほら、その話じゃない」

「その話だけど」

「でもその話か」

「ん？」

「お父さんとお母さんのことかと思った」

「お父さんとお母さんのこと。って、何？」

「二人、最近よくぶつかるじゃない」

「ぶつかる、か?」

「ぶつからない?」

「ぶつかる、か」

「今朝もごみ出しのことでもめてたし」

「そう、だな」

「前はさ、ぶつかっても、ちゃんと仲直りしてたんだよね」

「それは、今もしてるだろ。ずっと話さなかったりするわけじゃ、ないよな?」

「ない。一週間話さないとか、そういうことはない。話すようにはなってる。でも、時間が経《た》つことでそうなってるだけ。仲直りをしてはいないの」

「そうか?」

「そう。前は、仲直りをして終わってた。今は、ただ終わってる。何も解決してない。もとに戻ってない。戻ってないのにまたぶつかるから、もとの状態からどんどん離れちゃう」

「話すようになってるなら、いいだろ」

「いいけど。ちょっと心配」若緒はコーヒーを一口飲んで言う。「でもその話じゃないのね?」

「ないよ」

「若緒も就活だなぁ、と思って。その就活の話だ」

「まあ、そう」

「じゃあ、して」

「いや、そう言われると」

「何？」

「しづらいよ」

「ここまで来たのに？」

「就活の話は就活の話だけど。特別にどうこうはないよ。何業界志望なのか訊くとか、経験者として偉そうにアドバイスをするとか、そういうのはない」

「アドバイスはしてよ。実際、経験者なんだし。偉そうにはしなくていいから、アドバイスはして」

「いや、おれも大してやってないから。まわったのはスーパーだけだし」

「スーパーだけなの？　小売業界だけとかじゃなく？」

「そう。スーパーだけ。デパートもコンビニもまわってない。ホームセンターとか何らかの専門店とか、そういうとこもまわってない」

「でもスーパーはたくさんまわったんでしょ？」

「たくさんでもないよ。今のとこに内定をもらったら即終了」

「それ、何月だった？　内定をもらったの」

「六月、かな」

「ほかの人にくらべて早かった？」

「普通じゃないかな。なかには五月にもらってるやつもいたし、その時点で複数もらってるやつもいた。みんな、七月にはもらってたかな。アパレル関係なんかは遅かったみたいだけど。あとは公務員とか」

　大学三年生の三月。若緒の就活はまさに今月から始まった。

　三歳上のおれの代はもう三月スタートだったが、おれより二歳上の人たちは前年の十二月スタートだった。さらに何歳か上の人たちは前年の十月スタートだったという。

　卒業の一年半前から就活。それで学業に身が入るわけがない。バカらしいにもほどがある。ということで、始まりを後ろ倒しにしたらしい。

「若緒は何業界志望なの？」

「って、それ、訊かないんじゃなかった？」

「そのくらいはいいだろ。就活の話をするのにそれ訊かないのも変だし」

「ＩＴ関係」と若緒はすんなり答える。「主にアプリ開発の会社かな。大きいとこは難しそうだから、そこまで大きくないとこもまわってみるつもり。あとはベンチャーとか、新しいとこも」

ＩＴ関係。いいかもしれない。そういうとこなら、社員が丸一日出歩いたりはしないだろう。ＩＴ会社ならＩＴを使う。取引先との商談も、オンラインで済ますはず。入社試験でも、ほかの業界の会社以上に、能力だけを見てくれそうだ。

「インターンシップとかは行った?」

「いくつかは」

「あ、行ったんだ。いつ?」

「去年の夏。先月も行ったよ。二日とか短いやつだけど。一日っていうのもあったし。お兄ちゃんは行った?」

「ほとんど行かなかったな」

「今の会社は?」

「行ってない。インターンシップなんてやってんのかな。店舗見学とかなら、小学生にもさせてるけど。中学生の職場体験学習も受け入れてるし」

「そういうのはまた別でしょ」

「大学生なら自分で勝手に見学するか」

「でもそれだと裏までは見られないよね」

「そうだな。だから、たぶんやってはいるのか」

「本気で入社したいなら、アルバイトをするのがいいのかもね。そうすれば職場の雰囲気もわかるだろうし」

「実際、学生のときにバイトしてた人は結構いるよ。入社面接でのアピールポイントにもなるんだろうな」

「お兄ちゃんはしなかったよね？」

「スーパーではしなかった」

「ファミレスだ」

「そう。錦糸町《きんしちょう》の」

「なのに何でスーパーを選んだの？」

「何でだろう。身近だったからかな。バックヤードのことまではわからなくても、店のことはわかるじゃん。お客として何度も行ってるから。どんな仕事をするかも想像できるし」

「想像どおりだった？」

「まあ、そうだな。想像を遥かに超えてくるスーパーなんてないよ」

「会社が何をやってるかわかってるのは、確かにいいよね。わたしも、だからアプリ関連がいいと思った。こんなアプリをつくってますって、はっきりわかるから」

そこへ、ステンレスのポットを持った羽鳥さんがやってくる。

「お水は」おれのグラスと若緒のグラスを見て言う。「まだいいね」

「はい」と若緒が返す。

羽鳥さんはエプロンのポケットから出したものを一つずつおれらの前に置く。

ピーナッツの小袋だ。手のひらサイズ。大きな袋にたくさん詰められて売られてるようなあれ。

「これ、食べて」

「いいんですか？」

「どうぞ。コーヒーにピーナッツっていうのも何だけど。合うって言う人もいるのよ。今いらなければ持って帰ってくれていいから」

「いただきます」

「ありがとうございます」と若緒も続く。

「じゃ、ごゆっくり」と言い、羽鳥さんはやはりゆっくりと去っていく。

若緒がおれに言う。

「こんなサービスもやってるんだね。前もやってた？」

「覚えてないけど。たぶん、やってないよな。でもこのくらいの量ならちょうどいい」

「わたしはいいから、お兄ちゃん、二つ食べて」

片方の袋を開け、食べる。

ごく普通のバターピーナッツだ。塩も利《き》いてる。

「うまいわ。おれは、コーヒーに合う派」

「じゃ、わたしも一粒」と若緒も手をのばす。

「自分のを開けろよ」

「一粒でいいの」

若緒は本当に一粒だけ取りだして、食べる。

「ピーナッツも久しぶり。おいしい。もう一粒」

「だから自分のを」

「もう一粒だけ」

そして若緒はその一粒を顔に近づけてじっくり見る。

「このピーナッツの芽の部分て、体にあんまりよくないとか言われてなかった?」

「知らない」

「カロリーが高いみたいな話もあって。わたしの大学の友だちは、そこをいちいちとって食べるよ」

「実際には、どうなの?」

「そんなことないみたい。苦味があるっていうだけ。正しい情報を知らないでそんなふうになっちゃうのって、何かこわいよね」

そう言って、若緒はピーナッツを食べる。

「昔は運動するときに水を飲むなとか言われてたらしいしな。飲むと余計疲れるからって。今と真逆。まちがってることを、あえてしてた。こわいどころじゃなくて、あぶないよな」

「それで脱水症状になった人もたくさんいただろうしね」

「いただろうな」

「正しい情報を正しく伝えたい。だからＩＴ業界を志望しました。みたいなことを面接で言ってみようかな。どう？」

「いいんじゃん？」

「いや、ダメでしょ。浅～い感じするじゃない。その場で考えたみたいな。どういうことですか？　って訊かれるよ」

「そしたらピーナッツの話をしろよ。友人が芽を全部とっていましたのでって」

「無駄に芽をとらせなくて済むよう御社を志望しますって？」

「そう」

「そんな人、採る？」

「うーん」

「うーん、じゃないよ」と若緒が笑う。

おれも笑う。ピーナッツを食べ、コーヒーを飲む。言葉がぽろりと口から出る。

「就活、うまくいくといいな」

言ってから思う。若緒へのアドバイスではない。励ましですらない。ただただ、おれの願望。

やや遅れて、若緒が言う。

「どういう意味？」

「意味なんてないよ」

意味なんてない。とは言いきれない。そのつもりではいるが、それはやはり建前。どうしても、意味は持ってしまう。

ごまかし気味に、おれはアドバイスめいたことを言う。

「一応はずっと働く前提で入るわけだからさ、会社は慎重に選べよ」

「一応は、なの？」

「一応は、だろ。先のことはわからないし」

若緒がコーヒーを一口飲む。

おれはピーナッツを食べる。

「お兄ちゃんは？」

「ん？」

「会社、四月からは三年めだよね。ずっと働く前提は、今も続いてる？」

「一応」

「そこも一応なんだ」

「そう、だな」

まさに一応だ。辞める理由がないから一応続いてる、という感じ。

皆、そうだろう。入社二年で、この会社に入ってよかった、と思えるやつなどいない。まだわからないことだらけで、その判断を下せるところまでいってないはずだ。

おれ自身がこんなだから、若緒にアドバイスなんてできるわけがない。就活自体、やれることはやったと言えるだけのことはやってない。自分の力で内定をつかみとったというよりは、運よく決まってくれたという思いのほうが強い。

結局、おれは何をしたかったのか。こんなふうに若緒を連れ出して何を話したかったのか。

無理に言葉にすれば、こうだ。励ましたかった。それだけ。おれなんかに励まされなくても若緒ががんばることはわかってる。でもおれ自身がそうせずにはいられなかった。こうなってみて思う。案外面倒な兄なんだな、おれは。

三上傑。傑はすぐると読む。傑物、豪傑、の傑だ。

残念ながら、おれは傑物でも豪傑でもない。どちらかと言えば凡人だ。どちらかと言わなくても凡人。大物か小物かで言えば小物。別に自分を卑下《ひげ》してるわけではない。単なる事実。

だから、他人に自分の名前を説明するときは困る。漢字を伝えるためにそれらの熟語を挙げなければいけなくなるのだ。その際は、傑作、を使う。傑を含む熟語のなかでは、たぶんそれが最もメジャーだし、傑物、や、豪傑、にくらべれば人感《ひと》は薄れるから。でも恥ずかしいことは恥ずかしい。自分の名前を説明するのに、傑作の傑です、と言うのだ。わたし自身が傑作なのです、と言うようなもの。それこそがまさに傑作だ。

と、そこまで言ってしまうと、やはり自分を卑下してると思われるから、普段は言わない。言うのは、かなり親しい相手と酒を飲んだとき、ぐらい。

例えばカノジョの福地美令《ふくちみれい》と飲んだときは、こう言われた。傑作の傑ですと言われたから、って、傑が自分を傑作と言ってるとは思わないでしょ。

友だちの城山大河《しろやまたいが》と飲んだときは、こう言われた。傑はまだいいよ。おれなんて大河だらぞ。大河ドラマの大河ですって言うんだぞ。

三上傑と三上若緒。三歳ちがい。特に仲のいい兄妹ではない。悪くもないだけ。普通だと思う。

兄妹で一緒に出かけたりはしないし、誕生日プレゼントを贈り合ったりもしない。が、乗る電車が同じなら駅まで一緒に行ったりはするし、どちらかの誕生日に母が用意したケーキを一緒に食べておめでとうを言ったりはする。要するに、普通。

妹のことは大して考えなかった。ずっとそんなふうにやってきた。妹は当たり前にいる存在。当たり前すぎて、意識はしない。若緒は今何してるかな、なんて思ったりしない。毎日妹のことを考えて暮らしたりもしない。

最近は、いつも考えてる。若緒は今何してるかな、と思ってしまう。雨降ってきたけどあいつ傘持ってるかな。階段を急いで下りようとしてないかな。

そうせざるを得なくなったのだ。事故に遭《あ》ったから。逆にそれで、あぁ、兄として妹のことは当たり前に好きなのか、と再認識できたとも言える。

だから今日もこんなふうに若緒を喫茶『羽鳥』に連れ出してしまった。ついつい、面倒な兄ぶりを露呈《ろてい》してしまった。

若緒は、大河と付き合ってる。おれの友だち、大河ドラマの大河だ。若緒が大学一年で大河が大学四年のときからだから、付き合って二年になる。

あの日、二人はドライブデートをしてた。大河が城山家の車を運転し、若緒は助手席にいた。

雨の日ではない。夜でもない。よく晴れた日の昼。片側一車線で、右折レーンを含めれば二車線。交通量は多い通り。その交差点。大河の車は右折レーンの先頭にいた。すでに横断歩道を越え、対向車が途切れるのを待ってた。

そのままそこで待ってれば、青の右折矢印信号が点灯するはずだった。列の先頭にいたのだから、必ず右折できるはずだった。大河は待たなかった。対向車が途切れた一瞬を狙い、強引に右折にかかった。

途切れた一瞬。そんなものはない。一瞬なら、それを途切れたとは言わない。でも自分にいいようにそう判断するドライバーは多い。それで対向車のドライバーはひやっとさせられるのだ。この隙間《すきま》で入ってくんのかよ、と。

状況から考えれば、急発進に近かっただろう。目の前に現れた横断歩道を横切ろうとした際、大河は右方から渡ってくる歩行者がいることに気づいた。歩行者にしてみれば、青信号で横断歩道を渡ってただけ。大河の車は自身の左後方から来る。見えない。気づきようがない。大河にしても、右からいきなり歩行者が現れた感じだっただろう。急発進の直後に急ブレーキ。どうにか停まれはした。歩行者に突っこまなくて済んだ。

が、対向車に突っこまれた。

対向車も急ブレーキをかけはしたが、目の前でいきなり停まった大河の車をよけられなかった。無理もない。右にも左にも行けないのだから。そうなったらどこへ突っこむか。大河の車はどの向きに停まってたのか。当然、対向車に左側面を見せて停まってた。左側面。助手席、若緒が座ってた側。そこへ、ガシャン。

ということだったらしい。

対向車のドライバーは、当時二十九歳の男性。竹見順斗《たけみじゅんと》さん。電子部品をつくる会社に勤めてるという。仕事で車に乗ることもあるようだが、その日は休みだった。私用で運転してた。

おれが言うのも何だが。竹見さんは、あおり運転をしそうな人ではない。荒い運転さえ、しそうな人ではない。逆。穏《おだ》やかな感じの人だ。

事故の過失割合は大河のほうが高かった。それでも、竹見さんは三上家に謝りに来てくれた。そして本気で謝ってくれた。気持ちは充分伝わった。だからといって。いいですよ、気にしないでください、とはこちらも言えなかったが。

幸《さいわ》い、もうこれは本当に幸い、命に関わるようなケガはしなかった。頭部や内臓に傷はつかなかった。でも若緒は膝《ひざ》をやられた。竹見さんの車に突っこまれた側、左膝だ。

事故のあと、竹見さんはすぐに救急車を呼んでくれた。救急車もすぐに来てくれたらしい。若緒も大河も病院に運ばれた。ともに意識ははっきりしてたという。若緒には強い痛みがあったが、大河にそこまでの痛みはなかった。

若緒は外科医の診断を受けた。その後治療も受けた。通院もした。

今はもうしてない。そして、左足を引きずるようになってる。

歩けはする。ちょっと遅い。そんなには急げない、という程度。だから普通に歩けると言うこともできる。実際、父も母もおれも、そう言う。

ただ、若緒が左足を引きずってることはわかってしまう。目には見えてしまう。周りに気づかれてしまう。

そうなることがわかったとき、若緒は泣いた。事故に遭ったときは泣かなかったが、そのときはさすがに泣いた。

母も泣いた。こちらは、事故に遭ったときも若緒が足を引きずるようになるとわかったときも泣いた。父は泣かなかったが、たぶんどこかでは泣いた。

おれも同じだ。派手に涙を流したりはしなかったが、自分が泣いた感覚はある。マジかよ、とは何度つぶやいたかわからない。一人で電車に乗ってるときにつぶやき、それが声として口から出てたのに気づいてはっとしたこともある。

もちろん、保険での補償はされた。そこは問題なかった。車関係の保険とは別に、社会保険の障害一時金も給付された。若緒の場合だと、年金ではなく、その一時金という形になるらしい。一度で終わりということだ。その給付は受けたが、若緒は障害者手帳の交付は受けてない。

事故が起きたのは一年一ヵ月前。去年の二月。春休み期間だったので、大学は休まなくて済んだ。でもそれから二ヵ月で新学年、新学期。だいじょうぶかな、とおれは思った。だいじょうぶだった。少なくとも表面上は。

母はしばらく休めばいいと言ったが、若緒は休まなかった。左足を引きずって、大学に行った。周りの反応は温かいものだったらしい。まあ、そうだろう。仲間ならそうなる。それで若緒を遠ざける人はいない。

成人式から一ヵ月も経たずに事故。そしてそれ。

二十歳《はたち》の女性。いや、そこは女性も男性も関係ないが。それでもやはり女性。周りにいるおれらが受けたショックだってこんなに大きいのだから、本人が受けたショックはどれだけ大きかったろう。

それを考えると、何も言えなくなる。言えないが、何か叫びたくはなる。何か。それはこんな言葉にしかならない。ふざけんな！

半年が過ぎたころには、若緒は落ちつきを取り戻してた。若緒自身がそうなのだから、おれら周りもそうするだけ。わかってる。でもそれがなかなか難しい。

若緒はもう泣かないが、母は今も泣く。時々、居間でぼんやりしてることがある。泣きながらぼんやりしてるのだ。自分が涙を流してることに気づいてないのだと思う。

そんなときはおれも声をかけない。母に、どうしたの？　とは言えない。どうしたのかはわかってるのだ。落ちこんだって何も変わらないよ、とも言えない。実際、周りが落ちこんだところで何も変わらない。それはわかってるはずなのだ、母も。

事故からは一年。若緒はもとの若緒に戻った。歩くのがちょっと遅いだけ。生活に何ら支障はない。

通ってた自動車教習所は退所した。事故後しばらく通わず、そのまま九ヵ月の期限を迎えてしまったのだ。すでに払った料金は、受けてない教習の分のみ返ってきたらしい。

若緒が免許をとれないわけではない。車の運転ができないということではまったくない。そこも支障はないのだ。ケガを負ったのは左足。クラッチがあるマニュアル車だとどうかわからないが、オートマ車なら問題ない。アクセルペダルもブレーキペダルも右足で踏むのだし。

ただ、若緒は今も階段を一段ずつ上り下りする。家の階段でもそう。だから客間として使ってた一階の和室を若緒の部屋にするという案も父と母から出た。が、若緒自身が上でいいと言った。すぐ慣れるからと。でも階段に手すりは付けた。もう速攻で付けた。父が業者に電話し、今日付けてほしいとお願いした。それは若緒も断らなかった。ぜひ付けてほしいと言った。

若緒はおれとちがってがさつではない。階段を上り下りするときに大きな音を立てたりはしない。だから、おれが自室を出て一階に下りようとする際、階段を上ってきた若緒と出くわしてしまうことがある。

おれは二階で足を止めて待つ。ごめん、と若緒は言ったりする。時間がかかってごめん、ということだ。いや、とおれは返す。おれのほうがごめん、と謝りたくなる。若緒が上がってこないか確認してから部屋を出ればよかった、と後悔する。

大河に若緒を紹介したのはおれだ。

いや、別に、妹をカノジョとしてどうか、と紹介したわけではないが、結果的には同じこと。大河はウチによく遊びに来てたので、二人は早いうちから顔見知りだった。とはいえ、付き合いだしたと聞いたときはさすがに驚いたが。

聞いたのは、若緒からではなく大河から。傑にはおれから言うよ、と大河自身が若緒に言ったらしい。それを聞いたおれが若緒に言った。聞いたよ、と。

「反対とかする？」と若緒は訊いてきた。

「しないよ」とおれは答えた。

「いやでもない？」

「いやでもないよ。何でいやなんだよ。若緒こそ、いやじゃないのか？」

「いやじゃないよ。何でいやなのよ」

おれは本当にいやではなかった。ただ、もし別れたらキツいな、とは思った。それは大河も若緒も同じだろう。大河は大河でおれと話しづらくなるし、若緒は若緒でおれと話しづらくなる。

次いでこう思った。でも別れないとしたら、それはたぶん二人が結婚するということだよな、と。大河は二十二歳で若緒は十九歳。その歳で付き合いだすのだから、あり得なくはない。そんなふうにことが運んだら、おれは大河の兄になる。

大河とは、中学で一緒になった。小学校は別だが、家は近かった。三上家も城山家も、学区の境にあったのだ。

中学一年のクラスはちがったものの、同じサッカー部に入ったことで友だちになった。二年からはクラスも同じになり、一年のとき以上に仲よくなった。おれは小学校から一緒で中学のサッカー部でもやはり一緒だった古里航輔《ふるさとこうすけ》とも仲がよかったが、大河はわずか一年ちょいで航輔に追いついた。

おれの父も母も、おれの一番の友だちは大河、という認識でいただろう。特に母は大河のことが好きだった。大河が遊びに来るたびにお菓子と飲みものを出した。まあ、それは大河に限らず、誰が来てもそうだったが。

話し方なんかで、母が大河を気に入ってることはよくわかった。そのころは、若緒より母のほうが大河を好きだったはずだ。母はいつも、城山くんではなく、大河くんと呼んだ。大河くんはサッカーが上手なんだってね。大河くんはたくさん点をとるんだってね。大河くんは勉強もできるんだってね。大河くんはクラス委員もやってたんだってね。

どれもおれが吹きこんだ情報だ。すべて事実。

大河はサッカーがうまかった。小学生のときからすでに、リバーベッドSCという地域のクラブチームでプレーしてた。そこでもレギュラーだったから、中学のサッカー部でも当然レギュラーになった。しかも二年のときからだ。

対して、おれはサブ。補欠。一年から三年までずっとそう。試合に出たことも何度かあるが、どれも顧問のお情けで。どうでもいい練習試合に終了の五分前から出るとか、そんな。

大河とのレベル差は歴然だった。部の練習でも、大河からボールを奪えた記憶はない。おれは大河がくり出すすべてのフェイントに引っかかり、いつもけちょんけちょんにやられた。リフティングも、大河の十分の一ぐらいしかできない。大河は両足でできるが、おれは利き足の右でしかできない。ヘディングでのリフティングは二度までしかできない。

大河はたくさん点をとってた。ポジションはフォワード。二試合に一点はとってたと思う。泥臭いヘディングで決めるというよりは、きれいな足技で決めるタイプ。チームではフリーキックのキッカーを任されてたし、ＰＫ戦では一番手か五番手を任されてた。信頼もされてたのだ。

大河は勉強もできた。定期テストでは常に学年十位以内にいた。高校はすぐ近くにある都立の進学校に行った。若緒と同じとこだ。大学も同じ。超は付かないが、一流私大。今勤めてるのも大手の住販会社。

大河はクラス委員もやってた。おれとクラスが同じになった二年生のときはやらなかったが、その前、一年生のときにやってた。二年生のときは生徒会の選挙に立候補させられそうになったが、そこはうまく逃げた。そのあたりはスマートなのだ。

顔がよく、適度にくだけてもいるので、大河は男子からの受けも女子からの受けもよかった。もちろん、教師受けもよかった。教師受けというか、大人受けだ。おれの母からもよかったし、教師そのものである父からもよかった。

高校生のころから、大河は中学生の若緒のことを気に入ってたらしい。でも友だちの妹だからと遠慮してた。若緒が大学生になって、もういいかな、と思ったのだそうだ。

大河が告白し、若緒が受け入れた。二人の付き合いは順調に見えた。

そして、あの事故。

大河は酒を飲んでたわけではない。警察がアルコール検査をしたはずだから、それはまちがいない。実際、事故を起こしはしたが、それで会社を辞めさせられることはなかった。もし飲酒運転なら、即アウトだっただろう。

わかってる。大河に酒の問題はない。問題は、車。いや、問題というほどのことはない。おれもそこまで言うつもりはない。が、流せもしない。素通りはできない。

ハンドルを握《にぎ》ると、大河は少し変わるのだ。あおり運転をするとかいうことではない。そんなことは絶対にしない。でも荒い運転は、してしまうかもしれない。

大学生になると、大河はすぐに免許をとった。二年生のときにとったおれより一年早かった。特に車好きというわけではないが、早めに済ませてしまおうと初めから決めてたらしい。

大河が運転する車にはおれも乗ったことがある。事故に遭ったときの若緒同様、城山家の車の助手席には何度も座った。自分が免許をとる前も、とったあともだ。

とる前はあまり感じなかった。運転する側の感覚がないから。でもとったあとはいろいろ感じるようになった。初心者だから、余計に。

大河にしてみれば、ちょうど若葉マークを付けなくてよくなったころ。運転にも慣れたころ。ブレーキをかけるのが遅いとか、そういうことはなかった。そこは運動神経もいい大河。運転の技術で人に劣《おと》るようなことはなかった。が、わりとスピードは出した。前の車とのあいだにとる距離も短めだった。

結局、運転に自信があるということなのだと思う。おれはあまり自信がない。だからあれこれ警戒するのだ。あの車、ちゃんと一時停止するかな、とか。あの角から誰か飛び出してきたりしないかな、とか。

信号の変わり目で進もうとするか停まろうとするか。それは人によってちがう。対向車が途切れた一瞬を狙って右折しようとするくらいだから、大河は黄信号なら交差点に突っこんでしまうタイプだった。

一度、助手席に座ってて、さすがにこれは無理だろう、と思ったことがある。

「今のはなしじゃん?」とおれは言った。

「黄色だったよ」と大河は返した。

「いや、赤だったよ」

「安全に停まれないときは進んでいいんだよ」

「それは黄色の場合だろ」

「だから黄色だったよ」

それ以上はおれも言わなかった。助手席に乗せてもらってる身だから、ということもあるが。何よりもまず、友だちだから。変に正論を言っていやな気持ちにさせたくないから。

でも、今は思う。

せめて大河が若緒と付き合うようになったときには言っておけばよかった。若緒を乗せてるときに荒い運転はしないでくれよ、と。冗談めかした口調でではなく、何なら強い口調ででも。

若緒がまたピーナッツに手を伸ばす。

「やっぱ食うんじゃん」と言って、おれはもう一つの小袋を開ける。

「あ、お兄ちゃんが開けた。どっちも、開けたのはお兄ちゃん。これで、一人一袋食べたことにはならないよね。わたしはあくまでもお兄ちゃんが開けたのをもらっただけ」

「どういう理屈だよ」

「何だかんだでピーナッツのカロリーは高いから、ちょっとは抑えないと」

「抑えたことになってないよ。食べてんだから」

「気持ちの問題だよ」

「それで抑えた気になれないだろ」

「女子はなれる。だから、ほら、早くお兄ちゃんが食べて。わたしが手を出さなくて済むように」

「急いで食うもんじゃないよ、ピーナッツは」

「急いで食べるものでしょ。気づいたら手が止まらなくなってる。それがピーナッツだよ」

「じゃあ、ピーナッツを食べても手が止まるアプリを開発しろよ」

「あ、それはいい。そんなのができたら売れるね。わたし買う」

「もうアプリでやることじゃないけどな」

「ほんとにできたらすごいよね」

「こわいよ、できたら。人にうつるコンピューターウイルス、みたいな話だろ、それ」

「でも何でもやっちゃうのがＩＴ業界だから」

と、こんなバカみたいな話を若緒とすることになるとは思わなかった。これはこれで意外。声をかけてみるもんだ。誘ってみるもんだ、喫茶『羽鳥』に。

就活のことも、とりあえず聞いた。もういいかと思い、おれは言う。

「大河とは」

言っておいて、その先は出ない。どう訊けばいいのか。

「何？」

そう言われ、こう訊く。

「どう？」

だいぶぬるくなったコーヒーを一口飲んで、若緒は言う。

「別れたよ」

「えっ？」とこれはすぐに出る。

「もうかなり前だけど」

「前って、いつよ」

「年末かな」

「マジで？」

「マジで」

「ほんとに前じゃん」

「だから前だよ」

「言えよ」

「何でよ」

「何でよって。普通、言うだろ」

「普通、言わないでしょ。妹が兄に」

「いや、でも。相手が相手だし」

「聞いてないの？　大河から」

大河。若緒も大河をそう呼ぶ。兄の友だちだから、もとは城山くんだったが、母の影響で大河くんになり、付き合ってからは大河になった。

「聞いてないよ」とおれは言う。「そんなには連絡もとらないし」

聞いてない、は本当。そんなには、はうそ。そんなには、ではない。もう半年になる。大河が最後にウチに謝りに来たときからは一度も会ってない。ＬＩＮＥのやりとりもしてない。こちらからメッセージは出さないし、あちらからも来ない。

「そうなんだ。それは、わたしのせい？」

「そんなことはないよ。どっちも仕事をしてるから、たまたまそうなっただけ。ほら、おれは休みが土日じゃないし」

「それは大河も同じでしょ」

そう。同じ。勤めるのは住販会社だから、土日は家を売るお客さんと会ったりするのだ。

「でも曜日がうまく重なったりもしないしな。いつ休みかわざわざ訊いたりもしないし」

何だかごまかした感じがする。というか、完全にごまかしてる。で、ごまかしきれてない。

そもそも、おれは何故《なぜ》ごまかそうとするのか。むしろ、若緒をあんな目に遭わせた大河と連絡をとるわけないだろ、と言ってもいいのではないか。

それをしないのは、若緒が望んでないからだ。はっきりそうとは言えないが、そんな感じはする。事実、若緒は大河を悪く言わない。言ったことは一度もない。

なのに。別れた?

「何で?」

「何でって?」

「何で別れた?」

「そういうこと訊く?」

「訊か、ないか」とおれが言うのはそこまで。

カレシと別れた原因を妹に根掘り葉掘り訊く兄。そうはなりたくない。

「まあさ」と若緒は言う。「人と人なんだから、別れることもあるよ。何、結婚でもすると思ってた？」

「そうは思わないけど」

今となってはそう言うしかない。実はちょっと思ってた、とは言えない。

それにしても。若緒が大河と別れた。

何とも言えない気分になる。妙な安堵《あんど》と妙な揺らぎがある。そうなるだろう、という思いと、そうなるのか、という思い。

別れたことを、若緒は今までおれに言わなかった。おれと大河の関係を考えれば、言ってもおかしくないような気がする。言うべきであるような気もする。言わなかったのは、言いたくなかったからだろう。それがあまりいい別れではなかったからだろう。

一瞬感じた妙な安堵は、広がらない。妙な揺らぎに呑《の》まれてしまう。今のおれの素直な気持ちはこうだ。

何してくれてんだよ、大河。若緒をあんな目に遭わせといて別れるって、何だよ。できるやつは何をやっても許されんのかよ。謝ったからそれでいいで済まされんのかよ。

「帰ろっか」と若緒が言い、

「ああ」とおれが言う。

コーヒーを飲み干し、ピーナッツも食べきって、席を立つ。

そこで思いだし、若緒に言う。

「そういえば」

「ん？」

「ケーキ、食うんじゃなかった？」

「あぁ。いいよ。ピーナッツだけで充分」

そこでは若緒を待たず、自分が先にカウンターのところへ行き、羽鳥さんにコーヒー代を払う。

「ごちそうさまでした」

「はい、どうも。ありがとうね」

「ピーナッツ、頂きました」

「そう。よかった」

そこへ若緒も追いついてくる。

「ごちそうさまでした」

「ありがとう。また来てね。ご兄妹で」

ためらうおれに代わり、若緒がすんなり返す。

「来ます」

そして二人、喫茶『羽鳥』から出ると。

意外にも、雨が降ってる。本降りではないが、小雨でもない。

「うわ、マジか。雨降るなんて言ってた？」

「予報はくもりだったかな」

もう三月。冬という冬ではないが、まだ春という感じでもない。朝晩は寒い。昼でも、雨に濡《ぬ》れたらまちがいなく寒い。

「ここで待ってろよ。家まで走っていって、傘持ってくるから」

「いいよ。歩いて五分じゃない」

「そこそこ降ってるよ」

「帰るだけだからだいじょうぶ」

「でも濡れるだろ」

「お兄ちゃんだって濡れるでしょ。とにかくいいよ。行こ。ここにいたら、菊子さんにも気を使わせちゃう」

若緒が歩きだすので、おれも続く。来たときのように、横に並ぶ。

徒歩六分なら短いが、雨降りの徒歩六分、は結構長い。

「確かにそこそこ降ってるね。というか、少し強くなってきた」

「若緒は『羽鳥』に戻るか？」

「今さら？　ここからなら帰っても同じだよ」

「家で話せばよかったな」

「いや、久しぶりに『羽鳥』に行けてよかった。菊子さんの名前も知れたし。それにまさかの憲吉さんまで」

「あぁ。元マスター」

「うん」

「ジャズなんて、流れてたっけ」

「流れてたんじゃない？　わたしたちが小さかったから意識しなかっただけでしょ。アンパンマンのテーマでも流してくれないと気づかないよ、子どもは」

「そうかもな」

「何か、今になってクリームソーダが飲みたくなってきた」

「マジか」

「といって、次行ったらさっきのお兄ちゃんみたいにまたコーヒーを頼んじゃうのかもしれないけど」

「コーヒーもうまかったしな」

「クリームソーダもある安心感がいいのかもね。行けば飲める、頼みさえすれば飲めるっていう。だから毎回、次でいいやになっちゃうの。実はクリームソーダ、置いてなかったりして」

「ん？」

「壁のメニュー表には書いてあるけど、実際に頼んだら、今日は終わっちゃいましたって言われるの。お客さんを呼ぶための巧みな戦略」

「あの羽鳥さんがそれをしてたら驚きだな」

「という今のこれを聞いたら、菊子さん、たぶんきょとんとするね」

雨に打たれる若緒。その横顔をチラッと見る。

こうして並んで歩くと、やはり気づかされる。

普通、人は一定の速度で歩く。若緒はちがう。引きずる左足を前に出すときと右足を前に出すときとで、微妙に速度が変わるのだ。

若緒の事情を知った多くの人たちが、歩けるだけよかったよ、という意味合いのことを言った。悪意からくる言葉ではない。若緒への好意からくる言葉だ。若緒を慰めるため、励ますためにかけてくれた言葉。

わかってる。そんなことは充分わかってる。その言葉には同意もするし、かけてくれた人にはお礼も言う。好意はひしひしと感じるから、そのときは本気でありがたいと思う。でも。時間が経つとダメだ。

あとで、その感謝とは別に、こうも思ってしまう。特にこちらの気持ちがすさんでるときは、どうしても思ってしまう。

歩けるだけいい。そんなこと、自分が足を引きずるようになってから言え。

四月　空

三上家は川沿いにある。江戸川区《えどがわく》平井《ひらい》。江戸川区だが荒川《あらかわ》沿いだ。でも川までは遠い。沿いなのに遠い。河川敷《かせんじき》に出るためには堤防を越えなければならない。

この辺りはいわゆる海抜《かいばつ》ゼロメートル地帯だから、その堤防は高い。といっても、昔あったベルリンの壁のような圧迫感に満ちたものではない。草地なりコンクリートなりの斜面になってることが多い。その各所に階段が設けられてる。そこを上っていくと河川敷に出られるのだ。

ウチはその堤防から片側一車線の道路を挟んですぐのところにある。一戸建てだが、二階からでも川や河川敷は見えない。それはちょっと残念。その代わり、そこそこ長い階段を上りきって川と河川敷が見えたときは毎回、おぉっと思う。

荒川は太い。そして河川敷は広い。太い川と広い河川敷があるというのはどういうことか。一帯に空が広がるということだ。

川と河川敷の上は空。川が太く河川敷が広ければ、当然、空も広い。二十三区でそこまで広い空を見られる場所は多くないはずだ。それこそ荒川沿いや江戸川沿い、あとは多摩《たま》川《がわ》沿いぐらいか。

東京スカイツリーや東京タワーから見る空とはまたちがう。高いところから同じ目線で見る空と地に足をつけて見上げる空は、まったくちがうのだ。地に近くても空は空。そんなふうに感じられる。

階段を上ると、まず車も走れる一方通行の道路があり、その先の階段を上ってようやく河川敷ゾーンに出られる。

この河川敷は、高校への通学路でもあった。

おれは自転車通学。家を出てしばらくは下の道を行き、京葉《けいよう》道路の高架をくぐって河川敷の道へ。あとはそこをずっと南下。荒川ロックゲートの先で河川敷を離れ、都道に入る。

ひどい雨の日は都営バスを乗り継いで行ったが、晴れの日は自転車で行った。家から学校まで十五分。自転車での十五分はちょっと長いが、まあ、許容範囲だ。いい運動にもなる。

荒川ロックゲートを過ぎて少し進むと、そこはもう江東《こうとう》区。高校も江東区にある。

行きの朝は時間に追われて大変だったが、帰りの夕方はよかった。川を横目に見つつ、のんびりと自転車を漕《こ》いだ。たまには途中にある都立大島小松川《おおじまこまつがわ》公園に寄った。そこのベンチに座って一時間ゲームをやったりもした。

高校ではもうサッカーをやらなかった。中学でレギュラーになれなかったおれが高校でレギュラーになれるわけがない。ウチの学校はそこそこ強かったので、だったらなおさら無理だと思った。

だからといって文化系の部に逃げるようなこともせず、おれは三年間帰宅部を通した。要するに、怠惰《たいだ》。何もしなかったわけだ。

それでも、同じ帰宅部友だちはできた。なかでも親しかった小磯風吾《こいそふうご》は有名な砂町銀座《すなまちぎんざ》商店街のすぐ裏に住んでたので、学校帰りによく寄った。もう、すぐもすぐのとこにある一戸建て。わずか三十秒で商店街に出られた。

だからそこで熱々のコロッケを何個か買ってから行ったりした。持ち帰って小磯家で食べても、コロッケはまだ熱々なのだ。

なかでも風吾の一押しは、おかずの田野倉《たのくら》のコロッケ。一個五十円。安かった。それ以外にも、枝豆コロッケにカニクリームコロッケ。さらにはハムカツにメンチカツ。どれもうまかった。

店主の田野倉さんは風吾とは顔見知り。いつもいくらか負けてくれた。風吾と一緒にいたおれに、お、ワル友だち？　なんて言ってきたりもした。ワルではないですよ、とおれは返した。よくもないですけど、と。

　それからは行くたびにしゃべるようになり、最後にはおれのほうから、卒業したらあまり来れなくなるんでおかずの田野倉平井店を出してくださいよ、と言うまでになってた。おかずの田野倉。懐かしい。といっても、店はまだ健在だが。

　風吾とは、高校でクラスが同じだった。一年生のときと三年生のとき。文系と理系とに分かれた三年でまた同じクラスになったことで、より親しくなった。

　風吾は高校の卒業文集におかずの田野倉やそこのコロッケのことを書いた。部員は三上くんと二人だけでしたが田野倉部としての活動は楽しかったです、とそんなことまで書いた。ほかの題材にするよう担任には言われたらしいが、そうはしなかった。その文を読んでおれは思った。担任、もうちょっと強く言えばよかったのに。

　高校の友だちで今も付き合いがあるのはこの風吾くらいだ。

　風吾は中央《ちゅうおう》区にある防災用品を扱う会社に勤めてる。高校の同級生長沼《ながぬま》かなでと付き合ってもいる。高校時代からずっと付き合ってたわけではなく、大学を卒業して働くようになってから付き合いだした。

　そのかなでは文房具販売会社に勤めてる。店は同じ中央区にあるので、仕事帰りに待ち合わせて一緒にご飯を食べたりするらしい。

　二人は今もいい感じ。もしかしたら結婚するかもしれない。

したら傑を結婚式に呼ぶよ、と風吾は言ってる。おれがどんなに優秀な田野倉部員だったかスピーチしてくれよ、とも言ってる。披露宴で出す料理は全部おかずの田野倉の揚げものにするかなぁ。コース料理で、前菜はポテサラ。コロッケ、枝豆コロッケと続いて、メインはメンチカツ。悪くないだろ。

と、そんな戯《ざ》れ言《ごと》はさておき。

したら傑を結婚式に呼ぶよ、と言ってるということは、実際に結婚するんだろうな、とおれは思ってる。してほしいな、とも。

仕事の日は川とは反対方向にあるJR平井駅に行くが、休みの日は川に出る。一度は出る。階段を上って、おぉっと思い、広い河川敷と広い空を見る。今日もそれらがちゃんとそこにあることを確認する。

まあ、出たからといって、特に何をするわけでもない。気が向けばちょっと歩いたりするが、気が向かなければすぐに戻ったりもする。言ってみれば、空気を吸いに出る感じだ。おれ自身を換気する、みたいなもの。

で、今日は気が向かないほう。出てきたはいいが、歩くのもダルい。すぐ家に戻ることにした。

のだが。

下流のほうから江藤《えとう》くんが走ってきたので、戻るのをやめた。

江藤瞬一《しゅんいち》くん。三上家の隣の隣の隣にあるアパート筧《かけい》ハイツのB二〇一号室に住む人だ。おれより一歳下。今年二十四歳。

デカいから、かなり目立つ。たぶん、身長は百九十センチ近くある。そしてこんなふうに走ってるくらいだから、体は締まってる。その意味ではボクサーに見えないこともない。日本人にしては重いクラス。ミドル級とかそんなだろう。

遠目でもデカく見える江藤くんが、近づくにつれてさらにデカくなり、デカいまま止まる。

「こんにちは」と先に言われる。その声はやわらかい。

「どうも。海のほう？」

「はい」

「走りだと、何分かかるの？」

「二十分、ですかね。そんなに速いペースではないので」

「往復四十分か。すごいな」

「慣れますよ。景色がいいから、気は紛《まぎ》れますし」

「仕事でも体を動かしてるのに休みの日も走るわけだ」

「そうですね」

江藤くん。速いペースではないと言いながらもそれなりに速いペースで走ってきたはずなのに、ほとんど息が切れてない。それもすごい。歳は一つしかちがわないのに。

おれはもう無理だろう。朝、時間がなくて駅まで急ぐときも、続けては走れないから細《こま》切《ぎ》れにする。一分走って三分歩く、みたいな感じ。

江藤くんは今、引越のバイトをしてる。一人暮らし。それだけで生計を立ててる。

訊いてみる。

「仕事のための体力づくりってこと?」

「それもありますけど。単に走りたいからなんですかね。道がいいから、走りたくもなりますよ。東京でこんなふうに走れる場所があるとは思ってませんでした」

「あぁ。確かに、長く走れるようなとこはないか」

「こういうとこでもないと、車は走ってますし、信号にも止められちゃいますからね」

「そうか。そうだよなぁ。尾瀬《おぜ》のほうなら、こっちよりは走れるとこが多そうだもんね」

「でもこんなふうに川を見ながら走れるとこは、意外とないんですよ。群馬は海がないから太い川もないので。だから東京に出るとき、地図を見てここにしようと思ったんですよね。家賃もそんなには高くないから」

「端だもんね、江戸川区は」

「はい。で、家の近くにこんな場所があるなら、走っちゃいますよ」

「おれはここで生まれてほぼ二十五年住んでるけど、そうはならなかったなぁ」

「もったいない」と江藤くんは笑う。

「休みの日は、いつも走ってるの？」

「雨が降らなければ、だいたいは。降ってる日も、やんだら走りますね。雨上がりに走るのは気分がいいので」

「郡《こおり》くんも走ってるのかな」

「どうでしょう。たまに、なんですかね」

「約束して一緒に走ったりはしないんだ？」

「しないですね。たまたま会えば一緒に走るという感じです」

「何か、ごめん。立ち話をさせちゃって」

「いえ。じゃあ、僕は行きますね」

「え、まだ走るの？」

「はい。今度は上流に行こうかと。いつもはこれで終わりなんですけど、今日はまだ行けそうなので、がんばってみます」

「だったら、なおさらごめん。邪魔したね」

「いえ。それじゃあ」

「じゃあ」

江藤くんは走っていく。そんなに速いペースでなくない。速い。あっという間に遠ざかっていく。小さくなっていく。それでもまだデカいが。

郡くんというのは、ウチの隣の一戸建てに住む高校生だ。郡唯樹《ゆいき》くん。すぐそこにある高校に通ってるから、若緒の後輩になる。この四月からは三年生。受験生だ。

江藤くんとその郡くんが一緒に走るのを何度か見かけた。二人、どう見ても歳はちがうので、家の前で会った際に訊いてみた。郡くんはこう答えた。あれは江藤さん。筧ハイツの人ですよ。

そして次に会ったとき、郡くんがおれに江藤くんを紹介してくれた。二人はこの河川敷を走ってて、おれは歩いてたのだ。追い抜いた直後に、あ、三上さん、と言って、郡くんが立ち止まり、そうしてくれた。そこで初めて、江藤くんが尾瀬の出身で、今は引越のバイトをしてることを知った。

江藤くんが住む筧ハイツは、おれが生まれたときからもうあった。その何年か前に建てられたらしい。

AとBの二棟建て。A棟はワンルームで、B棟は二間。江藤くんは独身だがB棟だ。その筧ハイツのすぐ隣の一戸建てに、大家の筧さんが住んでる。筧満郎《みつろう》さんと鈴恵《すずえ》さん。ともに七十前のご夫婦だ。

これも郡くんから聞いた。筧家と郡家は郵便屋さん泣かせなのだと。ともに一文字名字。筧さんは満郎さん鈴恵さん夫婦で、郡さんは時郎《ときろう》さん章恵《あきえ》さん夫婦。まどろっこしい。だからたまに郵便物が誤配されることがあるのだそうだ。そんなときは両家でやりとりする。在宅なら直接渡すし、不在なら郵便受けに入れる。

一度、速達の封書が誤配されたことがあり、それは郡くんがまさに速達したという。筧さんの帰宅を待って、速達で～す、と届けたらしい。

今、筧さん夫婦はそこに住んでるが、郡さん夫婦は住んでない。郡くんは、高校生にして、何と、一人暮らしなのだ。

時郎さんが札幌《さっぽろ》に転勤になり、章恵さんがついていったのでそうなった。理由はこれ。章恵さんが一度北海道で暮らしてみたかったから。郡くん自身の後押しもあったという。札幌へ発《た》つ前、郡さん夫婦は三上家にもあいさつに来た。これこれこういうことになりましたのでよろしくお願いします、なるべくご迷惑はおかけしないようにしますがおかけしてしまったらすみません、と。父も母も驚いた。あとで聞いたおれも若緒も驚いた。

母はたまに、つくり過ぎたから、と郡くんに晩ご飯のおかずを届けたりする。初めから想定してつくり過ぎたりもする。筧家の鈴恵さんも同じ感じらしい。

それもあってか、郡さんは札幌から帰ってくるたびにおみやげをくれる。たいていはお菓子だ。マルセイバターサンドとか、じゃがポックルとか。

マルセイバターサンドは若緒が好き。レーズンとクリームを挟んだビスケットだ。じゃがポックルはおれが好き。じゃがいもをスティック状にしたスナック。これはビールに合う。

とにかく、ウチの近所はそんなだ。

三上家、郡家、筧家、筧ハイツ、という並び。道路を挟んですぐ前が堤防。そこを上ればその先は河川敷。そして荒川。なのに、江戸川区。

最寄《もより》の平井駅までは歩いて十五分。そこに快速は停まってくれない。快速は線路自体が別。ホームを通ってさえくれない。だからたぶん、この先も停まる見込みはない。

どこに住んでるの？　と訊かれ、平井、と答えると、それどこ？　とさらに訊かれたりする。総武《そうぶ》線の平井、と説明すると、そんな駅あった？　ととどめを刺されたりもする。

そんな、我が町。

その我が町にある我が家。三上家。

三上達士と栗林春《くりばやしはる》が結婚したことで、三上家は始まった。そして三上達士と三上春のあいだにおれが生まれ、若緒も生まれた。

父達士は五十五歳、都立高の教頭。

母春は五十二歳、専業主婦。といっても、ずっと働かなかったわけではない。若緒やおれが中高生だったころ、つまり母自身が四十代だったころは常に何かしらパートをしてた。今はたまたまやってないだけ。もうパートはしないと決めたわけでもない。

母も二十代のころは会社に勤めてたらしい。洗剤や石鹸《せっけん》をつくる生活用品会社だ。でも本当は化粧品会社の営業をやりたかったという。そこの入社試験に落ちたから、その生活用品会社に入ったのだ。

と、それは母自身から聞いた。というより、聞こえてきた。

母と若緒がダイニングテーブルの前のイスに座り、それこそ郡さんからもらったマルセイバターサンドを食べながらその話をしてた。おれは居間でソファに座り、それこそじゃがポックルを食べながらテレビを見てた。だから、聞こうとはしてなかったが、話は耳に入ってた。

へぇ、と思った。化粧品営業なんて意外、と。母にそんなイメージはなかったのだ。化粧へのこだわりが強い感じはないし、押しが強い感じもない。動か静かで言えば、静。母はもの静かな人なのだ。繊細、とも言えるかもしれない。

若緒の事故で最も強いショックを受けたのはこの母だ。いや、最も強いショックを受けたのはまちがいなく本人だから、その次が母。父もおれもショックを受けてはいるが、母を見てるとやはりそんなふうに思ってしまう。

はっきり言うと。母は大河を受け入れてない。自分でそうは言わないが、見てるだけでわかる。

おれが小さかったころは大河を好きだった母。若緒が付き合いだしたころもまだ大河を好きだった母。それがあの事故で変わった。大河への期待は一気に霧散《むさん》した。期待がなくなるだけでなく、失望が生まれてしまった。

対して、父は大河を受け入れてる。少なくともおれの目には受け入れてるように見える。それは父が教師だからかもしれない。

おれ自身は、どちらなのかよくわからない。と、一応言いはするが。たぶん、母寄りだ。受け入れてないと明言したくないだけ。友だちである大河を突き放したようになるのがいやなだけ。

でも父がそうなるのもわかる。事故の被害は甚大《じんだい》。それによって若緒がケガをした。足を引きずるようになった。それでも教師としては、大河を責《せ》めづらいだろう。非を認めて何度も謝った大河を断罪することはできないだろう。

おれも、教師である父が、あの野郎ふざけやがって、娘を傷ものにしやがって、みたいなことを言ったら、それはちょっといやだな、と思ったはずだ。

今、父は墨田《すみだ》区にある都立高にいる。そこの教頭を務めてる。そもそもは地理歴史や公民の教師だ。

教師の子なんだから変なことはしないでくれよ、というようなことを父に言われたことはない。冗談混じりに母に言われたことがあるくらいだ。お父さんは学校の先生なんだから傑も若緒も悪いことしちゃダメよ、という感じに。

　教師になったらどうだ？　というようなことを父に言われたこともない。なってくれたらうれしい、みたいなことを匂わされたことすらない。若緒はどうか知らないが、おれ自身、特になろうと思ったことはない。その代わり、教師にはなりたくない、と思ったこともない。

　教師の子というのは、どちらかに分かれることが多いようだ。教師になりたいと思うか、教師はいやだよ、と思うか。

　おれはどちらでもなかった。仕事としての教師にはいいとこもあるし、よくないとこもある。思ってたのはそのぐらいだ。

　いいとこは、転居を伴う異動がほぼないとこ。父の場合は都立だから都内全域に異動する可能性があるが、否応《いやおう》なしに遠方へ行かされるようなことはないらしい。

　よくないとこは、やはり忙しいとこ。授業のほかに部活指導もある。部の顧問になれば土日の休みを削られもする。学期中は自分の時間などないと言っていい。夏休み冬休み春休みも、生徒と同じように休めるわけではない。そこでも部活指導はあるし、教師としての研修もある。授業の準備もある。その他事務仕事もあるらしい。

　母は父の友人の知り合いだった。だから二人は結婚した。おれはそのくらいしか知らない。皆そうだろう。自分たちのなれそめのことなんて、普通、親は子に言わない。子も訊かない。

でも考えてみれば、母と父の関係は、若緒と大河の関係に近かったわけだ。友人の知り合い。妹ではなかっただけ。

若緒が大河と付き合いだしたことを、母はとても喜んだ。そうなることがわかってたからこそ、若緒もすんなり母に明かした。喜びのあまり、母はその日のうちに父に伝えた。

母は大河を、理想的なカレシさん、ととらえてた。実際、若緒だけでなく、おれにもそう言った。そしてこれはたぶんおれだけにだが。城山若緒って、音はきれいよね、とそんなことさえ言った。さすがにそれは口を滑らせた感じではあったが。

母は大河をそこまで気に入ってた。若緒と結婚してほしいと思ってた。で、事故。そのタイミングで、事故。よりにもよって最も大きな痛手を被《こうむ》ったのが、若緒。事故関係者のなかで最も非がなかった、若緒。

母はもう、大河を理想的なカレシさんとは言わない。大河くん、という言葉さえ口にしない。

大河はウチに謝りに来た。両親も一緒に来た。事故を起こしたあとと、若緒が足を引きずるようになってからの二度。一度めより、二度めのほうをはっきり覚えてる。

日曜日。父も母もいた。若緒もいたし、おれもいた。おれはいたくなかったが、いた。大河の友だちなのにいないのは変だった。いるのもいやだったろうが、いないならいないで、大河はいやだったろう。いなかったら、おれがムチャクチャ怒ってると思ったはずだ。実際、少しは怒ってたわけだが。

いや、少しとも言えない。それに関しては、どう言っていいかわからない。少しでもないし、ムチャクチャでもない。度合がわからない。まず、自分がどう思っていいかわからないのだ。どの立場を優先するかで変わってくる。若緒の兄なのか、大河の友だちなのか。被害者の兄なのか、加害者の友だちなのか。

そんなのは、思うことではなく感じること。自動的に決まりそうなものだが、そうはならなかった。それは今もそうだ。一年経った今でも、おれは自分がどちらなのか決められてない。

対向車を運転してた竹見さん同様、大河は本気で謝った。両親はそれ以上。まさに平身低頭。本当に土下座をしそうな感じだった。

大河くんのせいじゃない。起きてしまったことはしかたないです。と父は言った。

母は何も言わなかった。何度か小さくうなずいただけ。発した言葉は、ええ、や、いえ、くらい。その場にいるのが苦痛であるように見えた。

それは、まあ、おれも同じだ。発言を求められはしなかったから、おれもほぼ何も言わなかった。大河の母に、三上くんほんとにごめんなさい、と言われたときに、あ、いえ、と返したくらいだ。

大河は悪くない、とその場で明言したのは若緒だけ。若緒ははっきりと、事故の被害者、ではなく、加害者のカノジョ、だった。

それでも、まだ事故のショックが癒《い》えてはいなかったから、声に力はなかった。大河は少しも悪くないよ、と涙ながらに父や母やおれに訴えたりはしなかった。そんなテレビドラマみたいなことにはならなかった。若緒は淡々《たんたん》と、大河は悪くない、と言っただけだ。

それを聞いた母はどうしたか。

泣いた。


商品棚にレトルトカレーを補充する。いわゆる品出し。棚がスカスカにならないよう、それでいて商品を詰めすぎもしないよう、ある程度の余裕をもって並べていく。

棚を空《から》にするのは絶対ダメ。ほう、このスーパーは棚が空になるくらい売れてるんだな、と、そんな都合のいいことをお客様は思ってくれない。何でスーパーなのに商品がないんだよ、と思うだけだ。

例えば棚に商品が一つだけ残ってたとする。そのメーカーのその商品を買いに来た人なら、あぁ、よかった、残ってた、と買ってくれるだろう。でもそうでない人は買わない。賞味期限がずっと先のものでも、何なら食品ではなくても、それは単なる残りものにしか見えないから。

小学生のころ、いつもスーパーの棚に商品がたっぷりあるのを見て不思議に思ってた。このスーパーは売れてないのかなと。お客さんはいるのに商品は減らないものなんだなと。そうではないのだ。ちゃんと補充してるだけ。棚が空いた状態のままにしないよう気を配ってるだけ。

品出しはとても重要な仕事だ。スーパーの仕事といえばレジ係を思い浮かべる人も多いだろうが、それと同じぐらい重要。スーパーに商品がなければ何も始まらない。

レジ同様、仕事自体はパートさんに任せることが多い。基本、社員がやるのは裏方作業だ。仕入れや在庫管理。それらを含めた広い意味での売場づくり。おれらがいるのはまさに裏。店のバックヤードだ。華やかな店内からは一転、装飾は一切ない殺風景な場所。

パートさんの管理をするのも、その勤務シフトを組むのもおれらの仕事。それがうまくいって初めてすべてが円滑《えんかつ》に動くようになってる。

だからパートさんが突発で休んだりすると大変だ。当然だが、売場優先。任せてた品出しの仕事を社員がしなければいけなくなる。パートさんが休んだら店長が出ていくコンビニと同じだ。

今もそう。おれがこうして品出しをしてるのは、パートの泉田初代《いずみだはつよ》さんが突発で休んだから。

それを伝える電話は、出勤予定時刻の直前にかかってきた。一秒後ならアウトだが、一秒前ならセーフ。泉田さんはそんな認識でいるのかもしれない。が、おれら社員にしてみれば大ごとだ。それではほかのパートさんたちとの仕事の調整もできない。

急に仕事を休むのは本当に勘弁してほしい。社員は社員でしなければならないことがたくさんあるのだ。今日で言えば、細かな発注やらパートさんの勤務シフト表作成やら。

それらがすべて飛ぶ。あとまわしになる。これで勤務シフト表の作成は一日遅れ、遅い、とパートさんに文句を言われることになる。パートさん自身のせいなのに。

もちろん、品出しだって社員の仕事ではある。手が空けばやる。が、出勤予定であったパートさん一人がいなくなるのはきつい。その人がやる予定であった四時間分なり五時間分なりの仕事をほかの何人かでカバーしなければいけなくなるのだ。

まあ、誰だって仕事を休むことはある。それはお互いさま。特に今回は子どもの具合が悪いというのだからしかたがない。

でも、泉田さんは四十八歳。子どもは高校生と中学生だ。三上家と同じで、兄妹。具合が悪いのは兄のほうだという。小学生ならまだわかるが、いや、中学生でもまだわかるが。高校生なら、どうにかならないだろうか。

四月とはいえ、日によってはちょっと寒かったりする。急に冷えたりもする。カゼをひくことだってあるかもしれない。でも高校生なら、病院にも一人で行けるだろう。つきっきりでなくてもだいじょうぶだろう。

こうなると、つい疑ってしまう。そもそも、具合、悪かったのか？

そしてあわてて打ち消す。いやいや、ダメダメ。それはダメだ。根拠もないのに疑うようになったらマズい。泉田さんがどうこうじゃなく。おれが人としてマズい。

確かに、自分が高校生のころ、カゼをひいて学校を休んだとき、母が家にいてくれると楽だった。昼ご飯には消化のいい煮込みうどんをつくってくれたし、りんごの皮をむいてもくれた。

それを考えれば、しかたないと思える。が、泉田さんがこう言ってたのを聞いたこともあるのだ。

そりゃ用があれば休むわよ。そこがパートのいいとこなんだし。あとは社員さんに任せとけばいいのよ。その分、わたしたちよりいい給料をもらってるんだから。

おれに直接言ったわけではない。パートさん同士で話してたのを、おれがたまたま聞いただけ。

それにはちょっと反論したい。おれは大していい給料をもらってない。まだ三年めだからでもあるが、歳をとったところでその感覚は変わらないだろう。小売業界は一般的に給料が安いのだ。

背後に人の気配を感じたので、おれは振り向き、言う。

「いらっしゃいませ」

そして素早く立ち上がり、その場からどく。

お客様は五十代ぐらいの女性。カートを押してるのでなく、買物カゴを提《さ》げてる。どうも、という感じに会釈《えしゃく》をしてくれるので、こちらも会釈を返す。補充途中の商品が載った小さな台車は邪魔にならなそうだから、そのままにしておく。

女性はレトルトカレーの棚を眺めつつ素通りする。先の通路へと向かう。

おれはまた棚の前に屈み、品出しに戻る。

これはパートさんにもよく言う。指導をするというか、お願いする。

品出しをしてるときにお客様が来られたら、声かけをしてください。ただ歩いてるだけなら、いらっしゃいませ。商品をカゴに入れてくださったのなら、ありがとうございます。軽めでいいので、するだけはしてください。もしお客様の邪魔になるようなら、品出しは速やかに中断して、棚の前を空けてください。お客様が見やすいように、商品を手にとりやすいようにしてください。

たいていのパートさんは、してくれる。でもなかにはしてくれない人もいる。わたしは今仕事をしてるので気づきません、どきません、という感じになってしまうのだ。

そんな人にお願いするのは難しい。気づかなかっただけですよ、と言われたらどうしようもない。いや、そんなわけないでしょ、とは言えない。お客様全員に気づかないわけないでしょ。あなたは誰にもいらっしゃいませを言いませんよ。こちらは現場を見てるんだからわかってますよ。言いたいが、言えない。

ここはハートマート両国《りょうごく》店。父が勤める都立高と同じ墨田区にある。墨田区は決して広くないが、両者は近くもない。電車なら二駅。歩いたら、たぶん四十分ぐらいかかる。

乗り換えがない分、おれの通勤は父より楽だ。平井から総武線で三駅。家から平井駅まででも店から両国駅までも十五分歩くから片道四十分以上はかかるが、それでも気分的には楽。

おれは今三年めだが、配属は初めからここだ。両国店。

店長は、高萩康久《たかはぎやすひさ》さん。四十四歳。配属初日にこう言われた。あ、はいはい、三上くんね。これから一緒にがんばろう。とりあえず、元気よくいこう。

その軽いあいさつに、ちょっと拍子抜けした。と同時に緊張もほぐれた。

高萩店長とは、今も毎日店内のどこかしらで顔を合わせる。こう言っては何だが、スーパーの店長はそんなに偉そうではない。銀行の支店長やデパートの店長ほどの店長感はない。むしろ居酒屋の店長やコンビニの店長の店長感に近い。それでいいとおれは思ってる。自分がお客の立場でも、偉そうな店長がいるスーパーで買物なんかしたくない。

だから、店長を出せ、と言ってくるお客様に、おれはこう言いたくなる。店長はお客様が思われるほど偉い感じではありませんがそれでもよろしいですか?

本当にその、店長を出せ、を言ってくるお客様がいらっしゃるのかと言うと。たまにいらっしゃる。店長はそんなだから、すぐに出ていく。変にもったいぶったりはしない。ほかの社員と同じブルゾン姿で普通に出ていき、こちらに非があれば普通に謝る。やはりそれでいいのだとおれは思ってる。

一口にスーパーと言っても、様々な部署がある。本部の営業部門があるし、本部の非営業部門もある。非営業部門というのは、人事部であったり、店舗サポート部であったり。会社全体を見る部門だ。新人がいきなり行くことはまずない。新人はやはり現場。店舗から。

その店舗のなかにも、鮮魚部門や精肉部門や青果部門や総菜部門やレジカウンター部門がある。おれがいるのはグロサリー部門。

グロサリーとは、生鮮食品以外の食品や日用雑貨のことだ。食品ならレトルトものや調味料や缶詰やお菓子。日用雑貨ならトイレットペーパーや洗剤など。扱いやすいことは扱いやすいが、種類も品数も多い。

商品の発注は基本的におれら社員がするが、ものによってはキャリアが長いパートさんに任せることもある。

キャリアが長いパートさん。長い人は本当に長い。なかには十年超の人もいる。十五年の人だっている。パートさんは四十代の女性が一番多い。次いで五十代と三十代。二十代もいないことはないが、多くはない。

男性も少しはいる。レジカウンター部門にはいないが、鮮魚部門や精肉部門にはいる。グロサリー部門にも一人いる。鳥塚定之《とりづかさだゆき》さん。今、五十一歳。一年前から働いてる。前は会社に勤めてたが、辞めたらしい。リストラに近い感じだったみたいだな、と部門チーフの間瀬徳巳《ませとくみ》さんが言ってた。再就職がうまくいかず、ここで働くようになったそうだ。警備員の入部清親《いりべきよちか》さんも男性だが、こちらはウチが雇ったのではない。警備会社さんからの派遣だ。この入部さんはもう六十代。定年後にその仕事を始めたらしい。

ウチのパートさんはほぼ全員が歳上。しかも遥かに上。おれの親世代。そんな人たちの管理を、社員だからという理由だけで、三年めのおれがするわけだ。ほかにはチーフの間瀬さんもいるが、その間瀬さんでさえ二十九歳。若い。

チーフだから一応は責任者だが、間瀬さんは勤務シフト表の作成もおれに任せてる。別に押しつけてるわけではない。任せてくれてる、という感じ。おれが何かしでかしたら、責任は間瀬さんがとることになる。だからその意味での責任はおれにもある。

間瀬さんには一目《いちもく》置いてるパートさんたちも、おれにはガンガン言ってくる。容赦《ようしゃ》なし。勤務シフト表を作成する際の休みの希望やら細かな不平不満やらをすべておれにぶつけてくる。従業員用の自転車置場をもっと広くしてよ。店の空調をもっと強くしてよ。弱くしてよ。そんなことまで言ってくる。店長に言ってもどうにもなんないから三上くんどうにかしてよ。って、逆でしょ、それ。

店内にはBGMが流れてる。抑揚《よくよう》のないメロディが単調な演奏でくり返されるあれだ。その合間をぬって、定期的にアナウンスも流れる。ポイントカードや特売日のお知らせだけではない。今流れてくるのはこう。

「ハートマートでは、お客様と従業員の安全を確保するため、私服の警備員が店内を巡回しております。不審な動きをする人を見かけたら、最寄の従業員までお知らせください」

これを聞くたびに、おれはつい笑ってしまう。不審な動き、という言葉がいい。万引きする人を見かけたら、とはさすがに言えないので、そんな表現になるのだ。

笑ってしまいはするが、おれも時々よその店では不審な動きをする。ウチにも置いてるこのレトルトカレーはいくらかな、ウチには置いてないこのパスタソースはどこのかな、などとつい調査めいたことをしてしまうのだ。

商品を手にとっては棚に戻し、腕を組んで考える二十代半《なか》ばの男。不審だ。警備員や万引きGメンにマークされてなければいい。

万引きによる商品ロス。それはかなりある。防犯カメラの設置や警備員の巡回や店員による積極的な声かけなどの対策はしてるが、根絶は難しい。それは小売業全体の、永遠の課題かもしれない。

おれはのりやつくだ煮の棚に移り、その並びにあるふりかけの補充にかかる。

ふりかけにはちょっと思い入れがある。カノジョの美令がふりかけをつくる会社の社員なのだ。勝手に増やしたりすることはできないが、美令の会社のふりかけは、ついつい商品棚のいい場所に置きたくなる。

ふりかけにも、今はいろいろなものがある。大袋入りのもののほか、小分けされたものや携帯できるプラスチック容器に入ったもの。味もいろいろある。しそを絡《から》めたものやわさびを絡めたもの。甘めのもの、辛めのもの。

美令は今も白ご飯にふりかけをかけて食べる。太りたくないので、できれば炭水化物は減らしたい。だから日々葛藤《かっとう》してるそうだ。でも食べちゃうけどね、と言ってた。ウチの商品はやっぱりおいしいから。

美令は阿佐ケ谷《あさがや》に住んでる。実家ではない。アパート。そこから会社までは三十分もからない。利用する電車はおれと同じ。中央・総武線。だから会いやすい。特にこことデート場所が決まってないときは新宿《しんじゆく》で会う。映画は新宿で観るし、酒も新宿で飲む。

ただ、ここ一ヵ月は会ってない。若緒と大河が別れたことをおれが知ってから、だ。

ケンカをしたわけではないし、仲が悪くなったわけでもない。でもＬＩＮＥで話すだけ。デートに誘いはしなくなった。誘われたのは二度。どちらもやんわり断った。休みがうまく合わないと言って。一度は休日出勤をしなきゃいけなくなったとうそまでついて。

何故か。

無理に言えば。自分だけがのうのうとカノジョとデートかよ、とそんなふうに思ってしまうから、だ。おれが若緒とくっつけたわけでも別れさせたわけでもないのに。そしておれが美令とデートをしたから何が変わるわけでもないのに。

でもおれが大河と友だちでなければ若緒が事故に遭うことはなかった。

そんな意識が、どうしても、ある。

五月　花

三上家。午後七時すぎの居間。おれはソファに座ってる。ＮＨＫのニュースを見ながら、新聞のテレビ欄も見てる。晩ご飯ができるのを待ってる。今日は日曜なので当然仕事だったが、早番だからこの時間に帰ってこられた。

目はテレビと新聞を交互に見てる。耳はテレビの音と両親の声を同時に聞いてる。目のほうはどちらを見るか自分で選べるが、耳のほうはどちらを聞くか自分で選べない。どちらも聞こえてしまう。両親の声。ケンカと言っていい声だ。

喫茶『羽鳥』で若緒も言ってたとおり。最近、両親がぶつかることが増えた。半年ほど前から、はっきりとケンカをすることが増えた。原因はさらに前のあれ。若緒の事故。

きっかけはいつも些細《ささい》なことだ。父が朝のごみ出しを忘れたとか、夜のフロ掃除を忘れたとか。予定の帰宅時刻より遅れたとか、遅れる旨《むね》の連絡をしなかったとか。

きっかけをつくるのは父。ただし、どれも本当に些細なことだ。それでいちいち文句を言われたらかなわない、というくらいの。故意にしたことではない。まさに忘れただけ。

フロ掃除は、忘れたことに気づいた時点でちゃんとやるし、ごみ出しについても、あとでちゃんと謝る。

それでも母は文句を言うのだ。何度も同じことをしないでよ、とか、前に忘れてからまだ二週間も経ってない、とか。父は黙って聞く。反論はしない。いつもそんな具合。父が何かしてしまうのを母が待ってるような感じもある。実際、待ってるのだと思う。

二人はもともとケンカをしなかったわけではない。たまにはした。が、ちょっと言い合う程度。きつい言い合いにはならず、長つづきもしなかった。

今は、きつい言い合いになることが多い。長つづきすることも多い。

例えば晩ご飯のときに一言も話さなかったりする。その感じが日をまたいで続いたりする。翌朝、父が母にでなくおれや若緒に、今日は燃えるごみの日だよな？　と訊いてきたりもする。おれは知らないので答えられない。若緒は知ってるので答える。時には、あとでわたしが出しとくよ、と言ったりもする。

今日のきっかけはフロらしい。土日に起こりやすいパターンだ。

父は都立高の教師だから、日曜と授業がない土曜は休み。そんな日はいつもフロ掃除を自《みずか》らするようになった。前々からやってたことだ。若緒の事故よりも前から。母に言われてではなく、自らする。お父さんがやってくれるからたすかる、と母も喜んでた。が、父も五十五歳。毎週やってることとはいえ、たまには忘れる。母はそこを突くのだ。

母の不満をすべて聞いてから、父は言った。

「ごめん。すぐやるよ」

実際、すぐにやった。

で、それを終え、居間に戻ってきた。

いつもならそれで終わるはず。今日はちがった。

母が言った。

「ずいぶん早いけど、ちゃんとやってくれたの?」

「やったよ」

「洗剤もつけた?」

「つけた」

「隅々まで洗った?」

「洗ったよ」

「でもあんまりゴシゴシはしないでよ。バスタブに傷がついちゃうから」

「バスタブはゴシゴシしてないよ」

「壁もダメよ」

「壁も、してないよ」

ひと呼吸置いて、母は言う。

「忘れないで、やってよ。お父さんがご飯の前に入りたいって言うから、いつも早く沸かすんでしょ？　わたしと傑と若緒は寝る前に入るのに」

それには父も弱めに言い返す。

「忘れても、おれ自身が入れなくなるだけだからいいだろ」

母は強く言い返す。

「それでいいなら、お父さんも初めから寝る前に入ってくれればいいじゃない」

「それはまた別の話だよ」

「別じゃないわよ。三人が入るときにまた沸かし直すんだから、ガス代がもったいない」

おれが言うことでもないが。今のは父が正しい。それはまた別の話だ。母が話をすり替えた。父に文句を言いたいばかりに。

一日の仕事を終えて帰ってきた実家で両親のこれを聞かされるのはちょっとつらい。いや、かなりつらい。職場が近くて便利だからまだここにいるが、そろそろアパートを借りることを考えるべきかもしれない。

とにかく。ケンカのきっかけをつくるのは父。それを拾うのが母。そんな構図になってる。きっかけは父だが、原因そのものは事故。突きつめれば、大河だ。

父が大河を責めようとしないことに、母は苛立《いらだ》ってしまうらしい。つまり、父の同意がほしいのだ。この家のなかでぐらい、大河くんを責めればいいじゃない。大河くんを直接責めないならいいじゃない。そう思ってるのだ。たぶん。

　でも父は責めない。母が責めても、乗らない。同意もしない。

　あの事故のせいでこうなった。大河と若緒だけでなく、父と母の関係まで悪化した。三上家そのものがおかしくなった。

　事故の直後はそうでもなかったが、若緒が足を引きずるようになることがわかってから、母は思いを隠さなくなった。あの子が傑の友だちでなかったらねぇ、と、そんなことを言うようになった。

　おれにあてつけがましく言うわけではない。これは本当に言っておきたい。それはない。母はそんな人ではない。ただ、そう強い人でもない。時々、思いが口から溢《あふ》れてしまう。さすがに若緒の前では言わないが、父やおれの前では言ってしまう。大河の友だちであるおれにも言う。そこの歯止めは利かなくなってる。

　対しておれが言うのはこの程度。しかたないよ。

　本当にそう思ってる。しかたない。過去は変えられない。おれが大河と友だちでなかったことにはできないし、大河の車と竹見さんの車がぶつからなかったことにもできない。だからそうとしか言いようがない。

　高校の教頭である父はちがう。そんなこと言うな、と、父は毎回母に言う。一度でも許すのはよくないと思ってるのか、必ず言う。ごみ出しやフロ掃除を忘れたときは必ず謝るように、それは必ず言う。

もしかしたら、おれが父の役をやるべきなのかもしれない。大河はおれの友だちだ、その友だちを悪く言うな、ということで。でもおれはそれをしない。できない。

父とケンカになってしまうそのことに限れば、悪いのは母だ。が、母を責める気にはなれない。母を責めることで大河を擁護《ようご》する気には、まだなれない。まだ、かどうかはわからない。この先なれることはあるのか。

父と母の的外れなケンカはなお続く。

「おフロの壁に水滴が付いたままにしておくとカビが生えちゃうから、いつも最後に拭いてるのよ。ほんとは、お父さんが上がったあとにしばらく間が空くのもいやなの。その二、三時間でもカビは生えるかもしれない。おフロなんていつ入ったって同じなんだから、寝る前に入ってくれればいいのに」

「わかったよ。じゃあ、そうするよ」

「前にもそう言ったけど、結局は戻したじゃない」

「もう戻さないよ」

「どうだか」

「戻したら、フロから上がったあとにおれが自分で壁を拭く。それならいいだろう?」

「どうせやらないわよ。ごめん、忘れた、で済ませちゃうわよ」

そこで少し間ができる。音がテレビのそれだけになる。ちょっといやな間だ。

父が言う。

「なあ」

「何？」

「もういいだろ」

「もういいって、何よ」

「掃除を忘れたことは悪かったよ。で、これからはフロも寝る前に入る。そう言ってるんだから、今日はこのぐらいにしてくれ」

「今日はって何よ」

「今日はは今日はだよ。今日はもうやめてくれということだよ」

「何なのよ。わたしが悪いみたいに」

「そんなこと言ってないだろ。ほら、ご飯にしよう。傑も待ってるから」

いや、おれは別に、と言いたくなるが、言わない。

「お父さんはいつもそうなのよ」

「いつも、何？」

「いつもそうやってものわかりがいい人のふりをするの。自分はいい人で、悪いのはわたし。大河くんのことだってそう」といきなりその名前が出る。「わたしがちょっと何か言うと、すぐにあの子の肩を持つ。わたしが悪いみたいな感じにする」

今日はもう、まっすぐにそこへとつながる。フロの件はそれ一発でどこかへ消え去る。

「してないだろ。悪く言うのはよせと言ってるだけだ。そんなことをしても何にもならない」

「お父さんは父親なのよ。若緒は娘なのよ。娘を傷つけられてるのに、何で悪くないなんて言えるの？」

「いや、だから。大河くん一人が悪いわけでもないだろ。彼だって被害者の部分もある。車をぶつけられてはいるんだし」

「それを言ったら竹見さんだって被害者じゃない。普通に道を走ってたらいきなり前に出てこられたんだから」

「それはそうだ。得をした人なんて誰もいない。それが事故というもんだ」

「でも何で若緒がこうならなきゃいけないのよ。何でその二人じゃなくて若緒なのよ。大河くんが無理をしてなければ、あんな事故は起きなかったんじゃない」

母は珍しくそこまで言う。はっきり言う。

さすがにおれもあせる。二階には若緒もいるのだ。

「それを言ってもしかたないだろ」

「大河くんが横断歩道にいた人をはねなかった代わりに竹見さんが大河くんの車にぶつか

らされたようなもんじゃない。少しは悪かった大河くんの代わりに何も悪くなかった若緒がケガをさせられたようなもんじゃない」

「ちょっと」とおれは二人に言う。「聞こえるって」

遅かった。

若緒が居間に入ってくる。

階段を下りる音は聞こえなかった。二人の言い争う声にかき消されたのか。それとも、若緒がいつも以上に静かに下りてきたのか。

父と母が黙る。

おれも同じだ。

若緒は抑揚のない声で言う。

「聞こえたよ」

かなり前から聞いてたのかもしれない。あれなら、聞こうとしなくても聞こえただろうから。

父と母が若緒を見る。

おれもそうする。聞こえるって、と言ってしまった手前、ひどくバツが悪い。

若緒は何ごともなかったかのようにこう続ける。

「ご飯、まだ？」

ビールを飲む。飲み放題だから気兼ねなく飲める。そのうえ明日は休み。なら飲んでしまう。

今日は土曜。なのに明日は休み。ゴールデンウィークだからそれが可能になった。連休ともなれば、スーパーの社員もそのどこかで一日ぐらいは休める。

というわけで、たまたま日曜が休みになったのだ。そして今日も早番だったので、こうして来られた。偶然、でもない。幹事の航輔が気をまわしてくれた。

中学のサッカー部で一緒だったやつらとの飲み会。親しかった何人かが個人的に集まった。昔からそこそこ仲がよかった女子ソフトテニス部の二人もいる。

古里航輔、宮沢才香《みやざわさいか》、末広朋葉《すえひろともは》、南浦澄彦《みなみうらすみひこ》、松野昂《まつのすばる》、稲村翔《いなむらしょう》、森岡亮英《もりおかりょうえい》、そしておれ。計八人。最初の二人、航輔と才香は小学校から同じ。あとの五人は中学のみ同じだ。才香と朋葉以外は皆サッカー部員。

場所は、平井駅の近くにある鶏料理がメインの居酒屋。ちゃんとした料理を出すわりに値段が安い店だ。そこの掘ごたつ席に、八人がギリ収まってる。

三時間飲み放題付きで一人三千四百八十円のコースだという。二時間なら二千九百八十円だが、それだとせわしないので、三時間、幹事の航輔が選んだ。生ビールやサワーやハイボールのほか、ワインや焼酎《しょうちゅう》や日本酒も飲み放題。悪くない。大河を含めて八人、の予定だったのだ。

航輔によれば。本当は大河も来るはずだったらしい。大河がいるのも大きかった。大河を避けてると思われたくなかったので、おれも出ることにした。むしろ、顔を合わせるいい機会だと認識した。二人では会いづらいが、大人数ならだいじょうぶ。航輔がいるのも大きかった。大河がいても、航輔とずっと話してればいい。

でも仕事を終えて来てみたら、大河はいなかった。理由はまさに仕事。行けなくなったとの連絡が、昨日航輔にあったという。それが事実かは不明。おれを避けたのかもしれない。初めは行くつもりでいたが、やっぱ無理、となったのかもしれない。

大河のキャンセルで、八人の予定が七人になった。そのくらいは店も許してくれると思うが、律儀《りちぎ》な航輔はそこで人を補充した。それが亮英だ。昨日の今日だが、亮英は行くとすんなり言ったという。

皆がおれと大河の事情を知ってるのか。それは知らない。航輔は知ってる。おれが話したから。でも航輔はそれを皆に話してないはずだ。そこをわきまえない航輔でもない。だから皆が知ってるとしても、断片的にではあるだろう。大河がおれの妹と付き合ってたとか。大河が車で事故ったとか。事故を起こしたときに若緒が助手席にいたことまでは知らないはずだ。大河自身が言わなければ知りようがないから。

大河が来ないことをこの場で聞かされ、何だ、そうなのか、と思った。思いつつ、安堵した。安堵した自分をはっきり意識した。おれは会いたくないんだな、と気づいた。

それならそれでシフトチェンジ。飲み会を楽しむことにした。

当然のように、まずはサッカー部の話になった。が、女子ソフトテニス部の二人もいるので、そう突っこんだものにはならなかった。たすかった。おれはレギュラーではなかったので、あの大会のあの試合がどうとか言われてもついていけないのだ。

部のキャプテンは、ミッドフィルダーの昴。10番を背負う司令塔だ。この昴も大河同様、リバーベッドSC上がり。中一の時点ですでに基礎がしっかりしてた。キャプテン昴、と周りからよくいじられてた。

その名前のことで、朋葉が言う。

「わたし、松野くんの昴っていう漢字、いまだに書けないよ。LINEするときにスマホで変換はできるけど、手書きでは無理」

「わかるよ」と澄彦。「難しくはないけど覚えられないんだよな。上の日は目と迷うし、下の卯は卯と迷う」

「そう言ってんだから迷ってないじゃん」と昴が返す。

「いや、書くときはやっぱ迷うよ」

「手書きで書くときなんて、ないだろ」

「まあ、そうだけど」

「でもカッコいいよね、昴」と才香。

　昴が説明する。

「その漢字を名前に使えるようになったのは、おれらが生まれる何年か前らしいよ。親父がそう言ってた。カラオケとかでよくおっさんがうたううたのタイトルなんだって」

「それ、知ってる」と朋葉。「ウチのお父さんもよくうたうよ」

「そのうたがヒットして子どもの名前をそれにしたいって人が増えたから、人名用漢字になったんだと」

「へぇ」

「その前からすばるって名前の人はいたけど、みんなひらがななんだよ。でも男子でひらがな名前って、あんまりいないじゃん。漢字を使えるようにしたから昴と付けやすくなったって話。親父も漢字一文字名前だからさ、おれの名前も一文字にしたかったらしいんだよな」

「お父さん、何？」

「名誉の誉で、ホマレ」

「親が誉で子が昴。やっぱりカッコいいね」

「そうか？　読みやすい名前のほうがいいような気もするけどな。親父の誉も一発ではなかなか読んでもらえないみたいだし。それでタカシとかって人も結構いるらしいから」

「そんなふうにわかるけどわからない漢字って、いっぱいあるよね」とこれは才香。「わたしは三上くんの傑も書けないよ。小学校のときから書けなくて、今も書けない」

「傑は書けるだろ」と航輔。

「偏《へん》とかでちょっと迷う。にんべんだっけ、それともぎょうにんべんだっけ、とか。舛《ます》っていう部分にしても、これで合ってたっけっていつも思うし」

「まあ、学校の先生が付けそうな名前ではあるよな」

「何だよ、そのイメージ」とおれが言う。「学校の先生だって、昴とか翔とか付けるよ」

「でもキラキラネームは避けそうだよね」

「確かに。学校の先生が自分の子にキラトとかメロンとか付けてたらちょっと引く」と朋葉。「三上くん、確か妹いたよね？」

「いるよ」

「まさかメロンちゃんじゃないよね？」

「ちがうよ」

「よかった。ほんとにそうだったらどうしようかと思った」

「そういえば」と才香。「三上くんの妹って、ウチらの後輩なんだよね？」

「え、そうなの？」

「そう。ソフトテニス部だったの。でしょ?」

「うん」と答える。

「名前、何だっけ」

「若緒」

「そうそう。三上若緒。テニスがうまくて結構かわいかったって話」

「へぇ。そうなんだ」

というこの感じで、才香と朋葉が大河と若緒のことを知らないのだとわかる。知ってれば、そこで大河と若緒が付き合ってたことにも触れるだろう。事故のことも、やはり知らないのかもしれない。

運ばれてくる串焼きや揚げものを食べながら、そしてビールだのハイボールだのを飲みながら、それぞれの仕事の話もする。

役者志望のフリーターである亮英以外は、皆、会社員。航輔はマーガリンをつくる会社に勤めてる。才香は絆創膏《ばんそうこう》なんかのテープをつくる会社。朋葉はファストフードチェーンの運営会社。澄彦は化学会社。昴は電力会社。翔は警備会社。うまくバラけるものだ。

「翔が警備会社っていうのも驚きだよな」と澄彦が言う。「サッカーではまったく守備をしなかったのに」

「フォワードなんだから守備はしないよ」と翔が返す。「守備をしたくないからフォワードになったんだし」

「守備はしなくていいって、いつの時代のフォワードだよ」

「翔は澄彦にずっと言われてたもんな、守備しろって」と昴。

「前線からやってくれないとディフェンダーはきついんだよ。相手がやりやすい形で攻められるから。なのに点をとられるとおれらと航輔のせいにされるし」

おれらと航輔。ディフェンダーの四人とゴールキーパーの航輔、という意味だ。

「そうそう。積極的にディフェンスのせいにするのも翔なんだよ」

「いや、してねえし。で、守備もちょっとはしてたし」

「ふりだけな。まさにちょっとボールを追いかけるふり。手を動かすだけで、足は動いてない。実際に走るのは五メートル。それだけで、ひと仕事終えたみたいな顔」

「してた?」

「してた」

「警備会社では、ちゃんと警備してんの?」と澄彦が尋ねる。

「してるよ。フォワードの経験を活かした、攻めの警備」

「よくわかんねー」と昴が笑う。「そこでも不法侵入者を追いかけるふりとかしそう」

「追いかけなくていいんだよ。それは警備会社じゃなくて警察の仕事。ウチらの仕事は依頼者を守ることだから」

「おぉ。カッコ悪いようでカッコいい」と航輔が言う。

チームのフォワードは二人。レギュラーだったのはその翔と大河だ。翔とちがい、大河はちゃんと守備もした。時にはミッドフィルダーの昴より下がることもあった。それでも翔以上に点をとってた。部で一番技術が高かったのは、大河だ。

おれは補欠。最後までレギュラーになれなかったのは、ディフェンダーのおれとミッドフィルダーの亮英だけ。三年生は全部で十三人いて、おれと亮英だけが選から洩《も》れた。下の二年生たちに上を行かれることはなかったが、それでも恥ずかしい思いはした。

だから亮英も今この場にいてくれてよかったかと言えば。そんなことはない。逆。いないでくれたほうがよかった。おれはちょっと亮英が苦手なのだ。

レギュラーとか補欠とかいうことを気にしないのか、亮英は当時から女子の前でも平気でこんなことを言った。三年でレギュラーじゃないのはおれと傑だけ。肩身、狭い狭い。で、ベンチはたいてい硬いから、ケツ、痛い痛い。

それをまた笑顔で言うのだ。いやな言い方をすれば、ヘラヘラした笑顔で。

事実なので反論はできなかった。肩身狭くねえよ、ケツ痛くねえよ、と言うのもカッコ悪い。わざわざ言わなくていいだろ、と思いつつ、ほんとだよな、という感じに笑ってるしかなかった。

正直、うっとうしかった。亮英はいつもそうなのだ。部の後輩たちにも同じようなことを言った。お前ら、おれと傑みたいにはなんなよ、とか。自分がこうなる可能性もあるから、今のおれらを笑うなよ、とか。

それは本当にいやだった。だから、うるせえよ、くらいのことは亮英に言った。その流れで、笑うなら笑えよ、くらいのことも後輩たちに言った。後輩から見れば、おれはいやな先輩だったはずだ。何よりもまず、後輩になめられるのを恐れてた。歳下にバカにされるのを恐れてた。

要するにそれは、おれ自身がレギュラーでない先輩をなめてたからだろう。バカにしてはいなかったが、どこかでなめてはいた。レギュラーの先輩とレギュラーでない先輩、というふうに分けて見てはいた。態度には出さなかっただけで。

だからおれは今も後輩がちょっと苦手だ。いやな歳上になりたくないので、歳下には気を使う。先輩風など絶対に吹かさないようにしてる。そもそも、親分ではないのだ。

なかにはごく自然とそうなれる人もいる。身近なとこで言えば、店の間瀬さんとか、航輔とか。

その二人は二人でまたちがう。間瀬さんは下にあれこれ任せるタイプの親分だが、航輔は自分で動くタイプの親分だ。だから飲み会の幹事も進んでやる。親分らしく子分に押しつけたりはせず、サラッとこなす。

そんなあれこれもあり、中三になったころは迷った。レギュラーになれないなら部をやめようかとも思った。が、そこは多感な中学生。レギュラーになれなかったからやめた、と思われるのもいやだった。やめる勇気もなかった。

やめたとしても、無視されるようなことはなかったはずだ。でも少し感じは変わっただろう。今こうして飲み会に呼ばれることはなかったかもしれない。気をまわした航輔がおれを呼ばなかったかもしれない。

と、そこまで考えて、思う。

もしそうなら。もしおれが途中で部をやめてたら。大河とはそこまで親しくならなかったかもしれない。結果、大河と若緒が付き合うこともなかったかもしれない。

またこれだ。たられば。最近、それが多い。あのときああなってたら。このときこうなってれば。そんなふうに考え、すべてを若緒に結びつけてしまう。

才香と朋葉が言ってたように、若緒も中学時代はソフトテニス部にいた。高校では何故か写真部に入ったが、中学ではソフトテニス部。

大会で上位に入るとかではなかったが、そこそこうまかったらしい。試合を父と母が観に行ったりもしてた。ちなみに、両親がおれの試合を観に来たことはない。出ない試合を観に来なくていいよ、とおれが言ってたからだ。父も母も、そこはちゃんとわきまえてくれた。

若緒の試合をおれが観に行ったこともない。ただ、おれが高校生のとき、中学のわきを通ってたまたま練習を見たことなら、ある。

テニスコートは道路から少し離れたとこに位置してるが、妹なので、わかった。たとえ高校生でも、男が校庭の外から女子中学生をじっと見てるのはマズい。だから長く立ち止まったりはしなかった。歩く速度を落として眺めただけ。時間にすれば十秒程度だろう。

妹がプレーしてるのを見るのは新鮮だった。若緒はネットの向こうにいる相手とラリーを続けてた。母にそう聞いてたからか、確かにうまく見えた。レギュラー、の感じがした。

見たのはその一度だけ。だからこそ、その一度がはっきり記憶に残った。それは今も残ってる。この先も残りつづけるだろう。若緒がもうあんなふうに機敏《きびん》に動けはしないことを、おれは知ってしまってるから。

三千四百八十円コースのメイン料理は、鶏すき焼き。その鍋の準備が始まったところで、才香が言う。

「城山くんにも会いたかったなぁ」

「あ、そういえば城山くん、汐音《しおね》と付き合ってるらしいよ」と朋葉が続く。

「え、そうなの？」

「うん。何か、最近そうなったみたい」

二人は大河と若緒のことを知らないのだと確信する。知ってたら、おれの前では言わないだろう。

「マジで？　そうなの？」「汐音って、石垣《いしがき》？」「バレー部の？」「キャプテン？」と男たちも続く。

それでやはり、彼らも知らないのだな、と思う。

で、汐音。

石垣汐音は、確かに女子バレーボール部のキャプテンだった。キャプテンぽい感じもあった。昴よりはずっと。

バレー部員でありながら、校内の合唱コンクールなんかのときは伴奏のピアノを弾いた。小学生のときに習ってたらしいのだ。ピアニストがバレーボールをやってだいじょうぶなのか？　とおれは思ったが、ピアノは小学生まででやめたからだいじょうぶ、なのだった。

というそれは、汐音自身からではなく、大河から聞いた。大河と汐音も家が近いのだ。幼なじみというほどではないが、親同士も知り合いらしい。

大河ともそうだったように、おれが汐音と一緒になったのは中学から。クラスは一度も同じにならなかったので、ほとんどしゃべったことがない。バレー部キャプテンやピアノ伴奏で、優秀な女子、との印象があるだけだ。

その汐音が大河と付き合ってる。最近そうなったらしい。

って、何それ。マジで何なんだよ、それ。

いや、別に悪いことではない。大河が誰と付き合ってもいい。若緒と汐音で二股をかけてたわけでもないだろう。大河はそういうことはしない。それはわかってる。が。若緒と別れてそんなには経たない。別れたのは年末だと若緒が言ってたから、まだ四ヵ月ぐらい。

四ヵ月。おかしくはないのか。カノジョいない歴四ヵ月、と誰かが言うのを聞いたら、長いとは思わないが特に短いとも思わない。にしても、事情が事情。最近そうなったとはいっても、こうして話が聞こえてくるぐらいだから、数日前ということでもないだろう。ちょっと早くないか？ とは思ってしまう。若緒が軽く扱われたような気はしてしまう。

おれはグツグツ煮えだした鶏すき焼きの鍋を見る。

すき焼きはいい。が、飲み放題はよくない。三時間、もよくない。その席でこんな話を聞かされたら飲んでしまう。飲めるだけ飲んでしまう。

おれはビール一辺倒。お代わりを頼む。店員にではなく、航輔に。はいよ、と航輔は気軽に請け負ってくれる。親分なのに。

鶏すき焼きが完全に煮える前に、席の移動がある。おれのビールを頼むついでにトイレに行った航輔に代わり、亮英がおれの隣に座る。

「補欠同士、積もる話でもしようぜ」

亮英は今なおそんなことを言う。女子からの人気が高かった笑顔で。

そう。この亮英、顔はいいのだ。中学生のころからイケメンだと言われてた。これでサッカーがうまかったらスターだったんだけどな、と自分でも言ってた。おれ同様、高校ではサッカー部に入らず、イケメンぶりを存分に発揮してかなりモテてたらしい。そんな話も大河から聞いた。

そもそも、女子ソフトテニス部とサッカー部が仲よくなったのも亮英がいたからなのだ。両者のつなぎ役みたいなことを亮英がやってた。暇なときは女子ソフトテニス部の試合を観に行ったりもしてた。練習試合をウチでやるらしいから行こうぜ、とおれも誘われたことがある。断ったが。

「傑の妹もソフトテニス部だったんだ?」と訊かれ、

「うん」と答える。

「で、何、かわいかったって?」

「そんなことないよ」

「いいよ、兄貴だからって謙遜《けんそん》しなくても」

「そういうんでもないよ」

店員からゴーサインが出た鶏すき焼きを食べ、ビールを飲む。そうしてれば亮英と話をしなくて済むとばかりに、食べ、飲む。

でも亮英は引かない。その程度で引く男ではない。才香や朋葉の前でもおかまいなしにこんなことを言う。

「そのかわいい妹をおれに紹介してくれよ」

「だから別にかわいくないって」

「かわいくなくてもいいから紹介してくれよ」

「いいよ」

「いいの？」

「よくない。ダメって意味のいいよだよ」

「いいじゃん」

「いやだよ」

「じゃあ、せめて写真見せて」

「持ってないよ」

「スマホに入ってんでしょ」

「ないよ。妹の写真なんて、ないだろ」

「ワンショットとかツーショットではなくても、一つぐらいあんでしょ。家族写真とか、たまたま写ってんのとか」

「それもないよ」

たぶん、ない。たまたま妹は写らない。普通は、写るのか？

「何だよ。見たいなぁ。付き合いたいなぁ。付き合ったらおれ、その時点で傑をお義兄《にい》さんと呼ぶよ。ギケイと書くお義兄さんね」

「いいよ、呼ばなくて。付き合わないから」

「そこは妹に決めさせようぜ」

「妹も付き合わないって言うよ」

「それはわかんないだろ」

「わかるよ」

わかる。若緒は大河だから付き合ったのだ。亮英とは付き合わない。こんな、顔がいいだけのチャラいやつとは付き合わない。

「そんなこと言わないで、付き合わせてよ。お義兄さん」

「いいよ」

「いいの？」

「だから。ダメのほうのいいよだよ」

「付き合わせてほしいなぁ。芝居とか観に来てほしいなぁ」

何か、ムカムカきた。ヘラヘラしたその口調に。

アルコールが入ったからだとしても。今年二十五歳になる男が言うことかよ。何年かぶりに会った中学の同級生に言うことかよ。お前、つまんねえよ。マジでつまんねえよ。

「もし観に来てくれたら、おれ、がんばっちゃうんだけどなぁ。がんばったそのついでに仮面《かめん》ライダー役のオーディションとかも受けちゃうんだけどなぁ。付き合わせてくんないかなぁ」

限界をあっさり超えた。言ってしまう。

「足を引きずる子と本気で付き合えんのかよ」

「え？　何それ」と亮英。

「何でもいいよ。とにかくいい。いらねえっていう意味で、いい」

そしておれはビールを飲む。二口三口。四口五口。ガブガブ飲む。

ちょっといやな間ができる。おれがつくってしまった間だ。亮英だけでなく、ほかの六人の視線も感じる。視線だけ。言葉は聞こえてこない。

「何か、ごめん」と亮英がすんなり言う。

「いいよ」

いいの？　とそこでは言ってほしかった。そうしてくれたら、だからダメだって、とこっちも軽く返せる。このやりとり自体を冗談にできる。でも亮英は言ってこない。とことん鈍《にぶ》いのか何なのか、代わりにこんなことを言う。

「おれ、そういうのは気にしないよ」

「は？」と言ってしまう。声が大きくなってしまう。「そういうのって、何だよ」

「いや、おれもよくわかんないけど。そういうのはマジで気にしない」

何なんだよこいつ、とはっきり思う。久しぶりに頭にくる。もういいや、とも思い、言う。

「なあ」

「ん？」

「うるせえよ。お前、マジでうるせえよ」

「あ、怒った？　わりぃわりぃ」

というその軽さにまたムカムカくる。

「真に受けんなよ、傑。冗談だって」

おれは思ってもないことを言ってしまう。

「お前、働けよ。役者だか何だか知んないけど、普通に働いてるやつより上だとか思ってんなよ。逃げてるだけのくせに、すげえことやってるふりとかしてんなよ。そういうの、一番みっともねえよ」

河川敷に出る。今日は初めから歩くつもりで。

くさくさしたときは、上流側でなく下流側に向かうことが多い。海のほうへ行きたくなるのだ。抜け出したくなる、みたいなことかもしれない。

くさくさしたとき。このところ、もうずっとくさくさはしてる。でも二つ続いたのは痛かった。一つでも充分なのに、二つ。そりゃ河川敷に出てしまう。海へと向かってしまう。

一つめは、ゴールデンウィークの飲み会でのあれ。

大河が汐音と付き合ってると聞いたのが、まずよくなかった。あまりにもいきなり過ぎた。飲み放題のビールですでに酔ってたとこへのそれ。思考は悪いほうへ流れた。理性的に考えられなかった。おれは暴走してしまった。飲み会の空気を、いやなものにしてしまった。

確かに亮英はふざけ過ぎた。そしてしつこ過ぎた。でもあとで思えば。飲み会でのおふざけレベルであったような気もする。おれも亮英も酔ってた。苦笑混じりの、うるせえな、くらいで済ませればよかったのだ。

でも大河と汐音のことを聞いて動揺したおれは、そこにはけ口を求めてしまった。ヤラしい話、こいつなら言っていいや、と、そう思ってしまった。で、実際にひどいことを言った。みっともねえ、とまで言ってしまった。何様だよ、おれ。

亮英は笑ってた。うわ、きっつ〜、と言っただけだ。おれがああ言った瞬間、周りは、ヤバっと思っただろう。傑が度を越した、と。でも亮英自身がそんな反応だったからたすかった。変な空気になりはしたが、空気が固まるまではいかなかった。はずだ。

おれがもし亮英なら、それこそヤバかった。怒鳴るだけでは収まらず、手を出してたかもしれない。

スーパーの店員が偉そうなこと言ってんじゃねえよ。一人前の社会人みたいな顔してんじゃねえよ。たまたまそうなっただけのくせに、すげえことやってるふりとかしてんなよ。そういうの、一番みっともねえよ。

そんなことも、言ってたかもしれない。

で、昨日。

おれは、偉そうなことを言い、一人前の社会人みたいな顔をした罰を受けた。

店のバックヤードで商品の発注にかかろうとしてたとき。チーフの間瀬さんに呼ばれ、事務室に行った。窓がないので一階なのに地下室のように感じられる狭い場所だ。

そこで、思いも寄らないことを言われた。三上くんが佐橋《さはし》さんをひいきしてる。泉田さんが間瀬さんにそう言ったというのだ。いわば正式な苦情として。

泉田さん。子どもの具合が悪いからと先月突発で休んだ、あの泉田さんだ。佐橋さんというのは、同じパートの佐橋有穂《ありほ》さん。歳は泉田さんより十歳ぐらい下。まだ三十代だ。

さすがに驚いた。そんなつもりはまったくなかったから。

よくよく聞いてみれば。泉田さんはおれが作成した勤務シフト表に不満があったらしい。佐橋さんは休みの希望をすべて聞き入れてもらってるのにわたしは聞き入れてもらってない。だからひいき。ということだそうだ。

「いや、そんなことないですよ」とおれは間瀬さんに言った。

本当にそんなことはないのだ。もちろん、休みの希望をすべて聞き入れるわけにはいかない。人員配置の都合もあるから、皆に少しずつ我慢をしてもらわなければならない。でもどうしてもこの日は、という日は休みにしてたはずだ。佐橋さんも、泉田さんも。

まず、おれが佐橋さんをひいきする理由がない。佐橋さんのほうが言うことを聞いてくれるから？　そうでないなら、佐橋さんのほうが若いから？　何なら、ちょっときれいだから？　バカらしいにもほどがある。佐橋さんはおれよりひとまわり上。結婚もしてる。お母さんでもある。いや、そんなことは関係ない。ともかくおれはひいきなんかしない。

「でも泉田さんはそう言ってる」と間瀬さんは言った。「三上は自分をよく思ってない。前にいきなり休んだことを根に持ってるんだってな」

根に持ってる。その言葉はちょっとこたえた。根に持ってなどいない。いつでも休んでいいと思われては困るから、あのあとやんわり言っただけだ。注意したのですらない。あくまでもお願いしただけ。言い方も決して高飛車ではなかったはずだ。社員だからって、歳上のパートさんに横柄《おうへい》な口のきき方はしない。

「なるべく休まないようにお願いします。あと、休む際の連絡はもう少し早めにお願いします」

言ったのはそんなようなことだ。

でもそれが気に障《さわ》ったのか、泉田さんはそこで言った。

「子どもが熱を出したのに休んじゃいけないの？」

「いえ、そういうことではなくて」

「じゃ、どういうこと？」

「どうしても無理ならしかたないです。ただ、休まない可能性も、探っていただいて」

「探ったわよ。で、どうしても無理だったの」

「えーと、高熱が、出たんですか？」

「七度八分ぐらい」

「あぁ」

高熱では、ない。

社員として言うべきだろうと思い、おれは言った。

「お子さん、確か高校生ですよね？」

「だから？」

「高校生なら、もうつきっきりで面倒は見なくていいような」

「病院に連れてったのよ」

「近くの病院なら、一人で行けませんか？」

おれは一人で行った。中学生のときですら、もう一人で行ってたと思う。母に付き添われたりするのは恥ずかしかったから。男子の感覚はそうだろう。

「近くじゃなかったのよ。だから車で連れてったの」

「まあ、それならしかたないですけど」

「じゃあ、何度熱が出たら休んでいいわけ？」

「そういう決まりはないですよ」

「そんなふうに言うなら、はっきり決めてよ」

「いえ、それは。なるべく休まない方向でとお願いしたいだけなので」

話したのはその程度。泉田さんを責めたわけでも何でもない。社員とパートさん。交わしてもおかしくない会話だろう。

それでも、泉田さんには引っかかったのかもしれない。遥かに歳下のおれにそんなことを言われたのが気に食わなかったのだ。いや。単におれのことが気に食わないだけかもしれない。たとえ同じ内容でも、言ったのが間瀬さんならまたちがったはずだ。

間瀬さんだって、泉田さんから見れば遥かに歳下。でも泉田さん、間瀬さんとはうまくやってる。普段から親しく話してる。そのあたり、間瀬さんはうまいのだ。おれにはとても無理。泉田さんとああはなれない。

前にも、この日はどうしても休みにしてほしいと伝えておいたのに出勤にされてたことがあった。泉田さんは間瀬さんにそうも言ったという。

確かにそんなことがあった。完全におれのミス。うっかりしてた。が、そのときにちゃんと謝った。

「それで今回またですよ」と泉田さんは間瀬さんに言ったそうだ。「ここは絶対休みにしてって強く言ったのに、三上くんはそうしてくれなかったの」

その件に関しては、覚えがない。まったくない。そんなこと、言われたか？　泉田さんが適当なことを言ってるんじゃないか？

「やっぱりまだ三上くんはダメよ。シフトとかそういうのは間瀬さんがやってよ」

泉田さんは間瀬さんにそこまで言ったらしい。おれはくんで、間瀬さんはさん。それは前からだが、そのあたりに泉田さんの評価が表れてる。

おれは間瀬さんに言った。

「じゃあ、そのとおり、間瀬さんがやってくれませんか？」

「ダメ。そんなんであきらめんな」

「あきらめてはいないですけど。そう言われたらしかたないですよ」

「パートさんにとって窓口はおれらだから、そこに言ってくるのは当たり前だろ」

「でも。僕に言っても無理だから間瀬さんにも言うっていうんじゃ、パートさんも大変だし」

「ミスは一度にとどめておくべきだったな。二度めはマズかった」

「それは、聞いた記憶がないんですよ」

本当に、ない。おれが聞き逃したのか。というか、聞き流したのか。例えば仕事中も若緒や大河のことを考えるなどして。

「たとえ僕のせいだったとしても。だから佐橋さんをひいきしてるっていうのは飛躍しすぎじゃないですか？　しませんよ、ひいきなんて。佐橋さんのシフトはまちがえなかったことが、ひいきなんですか？」

「泉田さんはそうとらえたってことだな」

「だったら佐橋さんだけじゃなく、みんなひいきしちゃってますよ。たぶん、泉田さんが佐橋さんを気に入らないっていうことなんですよね。その気持ちをこっちに向けられても困りますよ」

「三上さ、それはちがうわ。その気持ちは、こっちに向けさせなきゃいけないんだよ。パートさん同士が変にいがみ合ったりしないよう、不平不満は聞いてやればいい。おれらはそのためにいるんだから。そこで拒《こば》まれたら、パートさんだってつらいだろ。そんな職場はいやだよな。そういう人間関係のあれこれでパートを辞めたりしてほしくないだろ？」

「してほしくは、ないですけど」

泉田さんは花木操子《はなきみさこ》さんと仲がいい。パートさんの年齢層は二十代から六十代までと幅広い。そのなかでリーダー的存在なのが泉田さん。その泉田さんを支えるのが三歳下の花木さん。

誰がリーダーになるかは、年齢やキャリアで決まる。とはいえ、必ずしも年齢が一番ではないし、キャリアが一番でもない。キャリアはある程度必要だが、年齢はいき過ぎててもダメ。いってなくてもダメ。そしてこれがまた不思議なとこだが。適度な年齢で適度なキャリアの人がリーダーにならないこともある。個人の性格も大きいのだ。

人の好き嫌いで言ってしまえば、おれは泉田さんより佐橋さんのほうが好き。それは否定できない。あれこれ言ってくる泉田さんよりは言ってこない佐橋さんのほうがいい。でもそんな気持ちを表に出したりはしない。それは社会人として一番やってはいけないこと。そのくらいはわかってる。

パートさんに嫌われたら終わりだからな、と間瀬さんに言われてもいた。それもわかってるつもりだった。そんなことは大学時代のファミレスバイトで経験済みだ。あのときは自分がバイト側だったが。パートさんに嫌われた社員さんは本当に大変そうだった。指示を出すたびに何かしら文句を言われるようになってた。

話の最後に間瀬さんは言った。

「三上。そんなんじゃチーフになれないぞ」

でもそのあとに、「って、今のパワハラか？」と続けて和《なご》ませてくれるのが間瀬さんのいいとこだ。二十代でそれができるのはすごい。さすが親分。

普通は、入社六、七年めで店の部門チーフになる。早ければ三年めぐらいでなる人もいる。そんな人はたいてい、その後本部に引っぱられる。

間瀬さんはまさに三年めでチーフになった。この両国店は二店め。一店めですでにチーフになり、ここへは初めからチーフとして移ってきた。そしてすぐにパートさんたちの信頼を勝ちとった。

おれはこの四月から三年めだが、チーフにはならなかった。まあ、そうだろう。間瀬さんと同じ道を行けるわけがない。会社から期待されてる感じもない。そのうえこんな状態。来年も再来年も、たぶん無理。チーフでないまま別の店へ異動になるだろう。

それにしても、泉田さん。佐橋さんのこともおれのことも気に入らないのかもしれない。だとしたら、それはもうしかたない。でも。いい大人が、あれしきのことで上に言うか？　三上くんはダメよとか、シフトは間瀬さんがやってよとか、言うか？

と、まあ、くさくさの二つめがそれ。

続いてしまったのはきつい。個人でもダメ。社員としてもダメ。おれ、ヤバいだろ。そう思わざるを得ない。

さすがの荒川と河川敷にも、ダブルのくさくさを一発で吹き飛ばすほどのパワーはない。

まずは川に向かって立つ。

道は左右どちらへも延びてる。左は上流側へ。右は下流側へ。

そのどちらへ行くのが前向きなことなのか。

そんなことを、高校生のころはよく考えた。

川をさかのぼって上流に進むほうが前向きな行動であるような気もしたし、海を目指して下流に進むほうが前向きな行動であるような気もした。たいていは、下流、に傾きかけた。が、海に着いてしまったらその先はない。そう思い、そこでいつも振りだしに戻った。

結論はまだ出てない。というか、さすがにもう二十五歳。そんな青臭いことは考えない。

そもそも、前向きって何なのだ。

前向き前向き。いやなことがあっても前向きに。転んでもすぐに起きて前向きに。今は誰もがそんなことを言う。前向きでないことは罪であるかのように、前向きでないと罰せられるかのように、言う。本当に、何なのだろう。どこでそう刷りこまれるのだろう。

いや、前向きなのはいいのだ。それは認める。いつまでも過去を引きずるやつと話してると確かにうんざりする。気が滅入《めい》ってくる。

ただ、人はあまりにも早くその姿勢を求めすぎる。それを他人に求めすぎる。

いつか前向きになればいいだろ。それ前提でいればいいだろ。おれはそう思うのだが、その程度では許してもらえない。あっという間に誰かがやってきて、後ろ向き、のレッテルをぺたんと貼っていく。もしくは。前向き義務違反、のキップを勝手に切っていく。

そんなことを考えてると、下流側から誰かが走ってくる。

レッテル貼りの人？　キップ切りの人？

そう思い、見れば、江藤くんだ。筧ハイツの江藤くん。

すごい、と素直に感心する。頻繁《ひんぱん》にこの河川敷に出るわけではないおれが何度も会うということは、やはり江藤くんが頻繁に走ってるということだ。

「こんにちは」とまたしても先に言われる。

「どうも。また海？」

「はい」江藤くんは立ち止まる。「今日は休みだし、天気もいいんで、行ってきました。休みといっても、自分で仕事を入れないだけなんですけど」

そこはつい訊いてしまう。

「仕事は、シフト制じゃないんだ？」

「引越なんで、日雇いです。その日の分の給料はその日にもらえます」

「あぁ。引越はそうなのか」

「だから自分次第です」

「じゃあ、自由だ」と言ったあとに、続ける。「いや、それはそれで大変か。まさに自分次第だもんね」

「今はそれを楽しんでますよ。楽しむようになって、もう長いですけど」

「先の予定は、何かあるの？」

　江藤くんはすんなり答えてくれる。

「消防士の試験を受けようと思ってます」

「あ、そうなんだ」

「はい。僕は高卒ですけど、大卒の人と同じ試験ならまだ受けられるみたいなので」

「へぇ」

「三上さんも、休みですか？」

「うん。おれも江藤くんをまねて海のほうへ行こうかと。といっても歩きだけど」

「今、高架の向こうはすごいですよね」と言い、江藤くんが上流のほうを指さす。「花、たくさん咲いてます」

「あぁ。この時季か。えーと、何だっけ。何度も見てるはずなのに、名前はわかんないわ」

「ヒナゲシですよ」

「そうなの？」

「はい。シャーレイポピー、だったかな」

「おぉ。すごい。そんなことまで知ってるんだ」

「隣の部屋の人に聞きました」

「もしかして、女の人？」

「はい」

「子どもがいる人だよね？　女の子」

「そうですね」

「たまに親子でここを歩いてるのを見るよ。何となくあいさつをしてくれる。お母さんのほうが」

「キミシマさんですよ」

君島敦美《あつみ》さん、だそうだ。娘は彩美《あやみ》ちゃん。江藤くんの隣室に二人で住んでるという。二人だから、ワンルームのA棟ではなく二間のB棟なのだ。

「花、五月中は観られるらしいです」と江藤くんは言う。「せっかくだから、この足で行ってきますよ。もう何度か観たんですけど、また行ってきます」

「好きなの？　花」

「ここで観たら好きになりました。群馬にいたときはそうでもなかったんですけど。当たり前にあり過ぎて、あまり意識してなかったというか」

「あぁ。尾瀬だもんね」

「はい」

三秒ほど考えて、言う。

「あのさ、おれも行っていいかな」

「あ、行きますか？」

「でも江藤くんは走るか」

「いえ。ここからは歩きますよ」

「いいの？」

「はい」

「男二人で花を観るのは、変かな」

「変ではないですよ。観るといっても、ただ河川敷を歩くだけですし」

「植物園に男二人で行く、とかではないもんね」

「はい。まあ、それも変ではないと思いますけどね。植物が好きな男の人もいますよ」

そんなわけで、江藤くんと二人、上流に向かった。

まさかの展開。こんなこともあるのだ。外的要因により、行こうと思ってたのとは正反対のほうへ行くことになる、なんてことが。いや、外的要因ではない。言いだしたのはおれだから。

そのシャーレイポピーが植えられてる平井運動公園は、総武線の高架をくぐった先にある。ゆっくり歩いても十五分ぐらいだ。

道々、江藤くんのことをあれこれ聞いた。

歳下は苦手なおれも、江藤くんとならすんなり話ができた。江藤くんは体がデカくて歳下感があまりないからかもしれない。

自身によれば。身長は百八十七センチ。靴のサイズは二十八センチ。ものによっては靴屋に置かれてないらしい。だから、この靴いいな、と思っても買えないことがあるそうだ。

江藤くんは高校を卒業したあとすぐ東京に出て、筧ハイツに入居したという。大学に進んだわけではない。会社に就職したわけでもない。初めから大学に行くつもりはなく、就職するにもどうしたらいいかわからなかったので、とりあえずアルバイトをした。

最初のバイト先はコンビニ。これが、何と、若緒もバイトをしてた店だ。時期は重なってない。江藤くんがやめたあとに若緒が入ったらしい。だから顔見知りではない。

おれが出た小学校の近くにあるそのコンビニには何度も行ったことがある。が、大学生になってからは電車通学。コンビニも駅前のそれを利用するようになった。だから江藤くんと会うこともなかった。そのころは知り合いではなかったが、店に江藤くんがいれば目につついたはずだ。何せ、デカいから。

その後、江藤くんは体を動かす仕事がしたくなり、引越のバイトに移ったという。

十八歳で東京に出たのは、祖父に勧められたから。江藤くんに言わせれば、じいちゃん。尾瀬で歩荷《ぼっか》をしてたらしい。

テレビで見たことがある。歩荷というのは、山小屋に荷物を運ぶ人だ。車ではない。自力で運ぶ。そうするしかないのだ。車が通れる道がないから。頭よりずっと高く積み上げたいくつもの段ボール箱なんかを背負ってひたすら歩く。時には荷の重さが百キロを超えたりもするという。

そのじいちゃんが、瞬一は東京に出ろ、と勧めた。江藤くんの両親は、江藤くんがまだ小学生のときに火事で亡くなったそうだ。それからはずっとじいちゃんに育てられた。

じいちゃんは一度だけ筧ハイツに来たことがあるという。でもその数ヵ月後に亡くなった。それが去年。江藤くんは、歳をとったじいちゃんがこちらで暮らすこともあるかと思い、筧ハイツのB棟、二間のほうを選んでたのだ。

両親が火事で亡くなったことと今江藤くんが消防士の試験を受けようとしてることに関係はあるのか。

それは訊けなかった。さすがに立ち入りすぎのような気がして。

まあ、訊かなくてもわかる。関係ないはずがないだろう。

で、総武線の高架をくぐり、平井運動公園。

シャーレイポピー。

すごい。赤にところどころピンクが交ざる。草丈は五十センチほど。花一つ一つは小さい。でも数が多い。十数万本植えられてるという。今は七分咲きぐらい。それでもすごい。赤、赤、赤、にちょっとピンク。

「これはいいね」とおれ。

「きれいですね」と江藤くん。

「江戸川区がやってるんだよね?」

「みたいです」

江藤くんによれば。江戸川区の区の花はツツジで、区の木はクスノキ。ここに植えるくらいだからそのシャーレイポピーが区の花なのかと思い、調べてみたそうだ。

茎は緑なのに花は鮮やかな赤やピンク。花びらは大きめだが薄い。その薄い花びらがいくつか重なってるように見える。何枚なのかはよくわからない。ずっと見てると、何でこんなふうになるのかな、と不思議な気持ちになる。

そう。おれは初めて花をちゃんと見る。初めて花をきれいだと感じる。

植物が好きな男の人もいますよ、と江藤くんは言った。

一度花をきれいだと思ったくらいで、わかる、とまでは言えない。
が。
わからないでもない。

六月　鳥

若緒の部屋には入らない。普通に入ってたのは十代の半ばまで。おれが高校生で若緒が中学生のときに、勝手に入らないでよ、と言われ、入らなくなった。

そのときは、ハサミだかホチキスだかを借りようとしてた。そのために入ったら、若緒が二階に上がってきて、そう言ったのだ。

それからはもう、若緒がいるとき以外は一度も入ってない。まあ、入る用もないのだ。ハサミもホチキスも、おれの部屋になかったとしても一階の居間にはあるのだし。

ウチは二階建て。二階にはおれの部屋と若緒の部屋しかない。どちらも洋間。二つは向かい合わせになってる。ドアから出れば、すぐに階段だ。

一階は両親の寝室と客間と居間。もとは客間が両親の寝室だったが、増築して今の寝室をつくり、居間を広くした。土地が狭いなかでの精一杯の増築。敷地には、ほか車庫があるのみ。

この辺りの家はたいていそんなだ。一階の半分を車庫にしてる三階建ての家もよく見かける。広くない町に一軒でも多く家を建てるとそうなるのだ。二十三区内ならどこも同じだろう。

ウチの車庫は本当に狭い。前のプリウスでぎりぎりだった。だから今は同じトヨタのアクア。セダンからコンパクトカーに替わった。せっかくだからほかのにすれば？　と若緒が言ったこともあって、そうなった。

プリウスならまだしも、アクアはどこか教頭先生っぽくない感じがしたので、いいの？とおれは父に言った。いいよ、と父は返した。もうお父さんも小さめの車でいい。そっちのほうが安いしな。浮いたお金でお母さんと旅行でもするよ。

と言ってたその旅行はまだしてない。若緒の事故で、両親の関係は微妙なものになってしまったから。

車を運転するのは父とおれ。どちらも、そんなには乗らない。乗るのは、何か大きな買物があるときや、駅に家族の誰かを迎えに行くときぐらいだ。そのお迎えも、よほどの雨でなければ行かないが、若緒の事故のあと、それまでよりは行くようになった。

正直、初めは懸念《けねん》した。若緒が車に乗りたがらなくなるのではないかと思ったのだ。幸い、それはなかった。遅くなるなら迎えに行くよ、とこちらが言えば、じゃあ、お願い、と若緒は言った。

で、ほぼ入ることはなくなってた若緒の部屋に、久しぶりに入った。若緒が大学生になってからは初めてかもしれない。

おれが自分の部屋から出たら、ちょうど若緒が階段を上ってきたのだ。手すりにつかまり、一段ずつゆっくりと。

おれはいつものように上で待った。若緒はそのときでまだ四段めあたり。そうなると変な間ができてしまうので、声をかけた。

「就活、どう?」

若緒は二階のおれを見上げて言った。

「苦戦中」

「マジか」

「そう簡単にはいかないよ」

若緒はおれより出来がいい。頭もいい。だからおれよりずっといい会社に就職できるはず。何だかんだであっという間に内定をもらい、就活をあっさり終えるはず。当たり前にそう思ってた。やはり足のことが何か影響してるのか。それで少し不利になったりしてるのか。

と、どうしてもそこに結びつけてしまう。まさかそんなことはないだろ、と思ってもいるのに、思いきれない。

「まあ、おれが内定をもらったのも六月だし。若緒ならだいじょうぶだろ」

「お兄ちゃんは優秀だったんだよ」

「いや、まさか」と全力で否定する。

謙遜でも何でもない。おれが優秀であるはずがないのだ。と自分で言ってしまうのも悲しいが。少なくとも若緒より優秀であるはずはない。

「今はどうなの？」と尋ねてみる。「つながってるとこは、ないの？」

「いくつかあるにはあるけど。手応えはないかな」

若緒が階段を上りきり、自分の部屋のドアを開ける。

兄妹のすれちがいざまの会話は終了。となるとこだが。おれは階段を下りない。

ん？　という感じに、若緒はおれを見る。部屋に入り、ドアを閉めずに言う。

「入る？」

「あぁ。うん」

入った。閉めないのも変なので、おれがドアを閉める。静かに。

六畳ほどの広さの部屋。若緒がベッドの縁《ふち》に座り、おれは机の前のイスに座る。

「何か、あっという間」と若緒が言う。「時間ばかりが経っちゃうよ。三月に始まったと思ったら、もう六月。え～、わたし何してたの？　って感じ」

「動いてただろ、ちゃんと」

「まあね」

動いてたはずだ。今も二日に一度はリクルートスーツ姿の若緒を見る。

若緒はパンツスーツを着てることが多い。といって、スカートを穿《は》かないわけでもない。使い分けてるようだ。引きずる足をなるべく隠したい、ということはないらしい。外傷の痕《あと》が残ったりはしてないから、隠す必要もないが。

「IT関係、なんだよな?」

「うん。そのなかで広くまわってはいるよ。理系じゃないから、門はちょっと狭いのかなと思うこともある。技術職にはエントリーできないし。総合職のほうにも理系の人たちは来るから」

「そうか。そっちはありなんだな」

「文系理系の区別はないって、たいていの会社は言うんだけどね。でもそれはあくまでも採用の条件にはしないっていうことであって。初めから知識がある人のほうが有利は有利だよね。たぶん」

「どうなんだろうな」

「アルバイトだってそうじゃない。初心者歓迎とは言うけど、一方では経験者優遇とも言う。雇い主の立場になればわかるよ。初心者と経験者の二人が来たら、やっぱり経験者を採りたくなるもん」

「その二人の資質がまったく同じなら、だろ。で、二人の人間の資質がまったく同じなんてこともないよな。そのあたりを面接で見るんだろうし」

「たかだか二十分の面接で、見られる？　経験者のこの子より初心者のこの子のほうが資質は上だな、なんてわかる？」

そう言われると、こう言うしかない。

「うーん」

おれは面接官でも何でもないのだ。就活のエキスパートでもない。

「周りの友だちはどうなの？」

「大学の子たちは、結構内定をもらってる。ゴールデンウィーク明けにもらった子もいたし。まだ半分まではいかないけど、それに近い感じではあるかな。で、そう、こないだ桃《もも》奈《な》ももらったよ」

「あぁ。えーと」

「成尾《なるお》桃奈。中学のときの友だち」

「部が同じだった子だ」

「そう。ソフトテニス部。そのころはウチに泊まったこともあるよ。大学生になってからも、何度か遊びに来てる」

「あのちょっと派手めな子だよな？」

「派手めじゃなくて、おしゃれって言ってよ」

最近ウチに来たのは土曜か何かで、おれは仕事に出てた。帰宅したときに、ちょうどその成尾桃奈が帰るとこだった。桃奈、と若緒に紹介された。どうも、と普通にあいさつしたが、内心、驚いてた。まさに、派手！　と思ったのだ。髪は茶を超えて金。メイクも、キラキラ感がすごかった。女子は変わるなぁ、とも思ったのを覚えてる。

「成尾さんが内定をもらったのは、何の会社？」

「ブライダル」

「結婚関係か」

「業界では大手だよ。ハウスウェディングとかに強いみたい」

「何ていうか、イメージどおりだな。成尾さんぽい」

「ぽいって何よ」

「そういうとこは、就活も金髪オーケーなの？」

「まさか。ダメでしょ。そういう業界で社員が派手なのはむしろダメだと思うよ。桃奈も今の髪、黒だし。ちゃんと戻したよ。前のあれは遊び。そういうとこはちゃんとするよ」

「まあ、そうか」

「ああ見えて、桃奈、わたしたちの代の生徒会長だからね」

「え、そうなの？」

「そう」

「副会長でもなくて？」

「なくて。会長。女子の生徒会長って、今でも一割ぐらいしかいないらしいけど」

「でもいるんだな」

「いるでしょ、そりゃ」

「それで来年からはブライダル会社か」

「その生徒会長のことも、面接では言ったらしいよ」

「中学のときだとしても、それはいいアピールになるだろうからな」

「インパクトはあるよね」

「面接でさ、若緒は何て言うの？　自己ＰＲとか」

「普通だよ。ゼミのこととかアルバイトのこととかを話す」

自分の経験をもとに、おれは面接の場面を想像する。

若緒が面接室に入ってくる。左足を引きずってる。イスに座るまでの短いあいだでも、面接官はそのことに気づくだろう。エントリーシートにもそんなことは記されてない。記す必要はないのだ。が、そうやって本人を見ればわかる。

わかったとき、面接官はそれについて何か訊くのだろうか。訊くべきではないような気もするし、訊くのが自然であるような気もする。

若緒が言う。

「エントリーシートに書く欄はないから、自分から言うよ」

「ん？」

「足のこと」

「あぁ。言うの？」

「うん。だって、気になるでしょ。どうしたんだろうって。あちらに訊かせるのは悪いから自分で言う」

「悪くはないだろ」

「でもたぶん、一番訊きたいことでしょ、それ。入社後の仕事に差《さ》し障《さわ》りがあるんじゃないかと思いはするだろうし」

会社としては、選考の段階で訊いておくべきなのか。別にそれで落とす落とさないではなく。だとしても、よくわからない。それを若緒に訊く会社と訊かない会社。どちらがいい会社なのか。

「差し障りはないと伝えるためにも、わたし自身が言いたいよ」

「そう、だよな」

「でもそれはわたし個人の意見。差し障りは、あるかもしれないよね」

「どういう意味？」

「入社したとして。周りの社員の人たちには気を使わせるじゃない。少なくとも慣れるまでは」

「そんなことないだろ」と言いはするが。

若緒の言うことも理解できる。気を使うというか、意識はしてしまうだろう。もちろん、普通に接しはする。でも意識はしてしまう。少なくとも慣れるまでは。おれ自身、今もこう考えてるということは、まだ慣れてないということなのだ。家族なのに。

人が自分とはちがう相手と接するのは難しい。普通に接するのが一番。そんなことはわかってる。が、普通に接しようとする、というそのこと自体がもう普通ではないのだ。それもまたわかってる。そんなふうに考えていくときりがない。自分はどう考えたらいいのか。何は考えるべきで何は考えなくていいのか。それすらわからなくなる。

「こないだね」と若緒が言う。「行きたかった会社の二次面接で訊かれたの。最近読んだ本は何ですか？　って」

「で？」

「答えたんだけど。この二週間は読んでないんですねって言われた」

「どういうこと？」

「一次面接でも同じ質問をされてたの。それを忘れてたから、わたし、同じ本の名前を挙げちゃったわけ」

「すごいな。一度めの面接の記録を見ながら二度めをしてたってことか」

「それは普通でしょ」

「ただ、また同じ質問をしてくるっていうのは、何かいやだな。試したってことだろ？」

「広い意味での圧迫面接だったんだろうね。わざと意地悪な質問をしてみるっていう。でもうまいやり方ではあるよ。その二週間、わたしが自分自身を何も更新してないことがわかったわけだから」

「二週間本を読まないなんて普通だろ」

「それじゃダメってことなんでしょ。そこで同じ答を出すのは、一貫性があるっていうのとはちがうもんね。過去の経験とか志望動機とかは一貫性が必要だけど、そこの一貫性はいらない」

「二週間は読んでないんですねって言われて、若緒は何て？」

「このところ就活でなかなか時間がとれなくてって。一番ダメな言い訳。あせって、つい就活とも言っちゃったし」

「それはいいだろ」

「ダメでしょ。せめて就職活動って言わないと」

「あぁ。そういうことな。でも事実だろ？」

「事実だけど。言い訳には聞こえちゃうよね。就活中だって、夜の時間はあるわけだから。やる人は、時間もやりくりして読書するよ。それがちゃんと習慣になってる人ならね。実際、そういうとこを見ようとしたんだと思う」

「その会社は、どうなった？」

「落ちた。その二次止まり。最終面接の連絡は来なかった」

「うーん。その面接官だってさ、絶対、二週間に一冊は読んでないよな。学生のころだって読まなかったろ」

「それはわからないよ。月に十冊読む人だって、なかにはいるし。だからね、わたしも図書館で本を借りてきた」

「そこの図書館？」

「そう」

若緒が通ってた高校の隣にある区立図書館だ。

「若緒は文学部だし、結構本読むよな？」

「読むけど。ここ一ヵ月はほんとに読んでなかった」

「それをちゃんと明かす正直さを買ってほしかったよな、面接官には」

おれ自身はほとんど本を読まない。たまに漫画を読むくらいだ。スマホで。

でも就活のときは読んだ。当時売れてた新書や小説をいくつか。タイトルも内容も、とっくに忘れてしまったが。

「最近どんな本を読みましたか？　ってその質問。何て答えるのが正解なの？」

「正解はないでしょ。自分が読みたくて読んだ本でいいんじゃない？　そうでなかったら、内容を訊かれてもうまく答えられないだろうし」

そのとおり。おれもうまく答えられなかった。付け焼刃かよ、と面接官も思っただろう。それは付け焼刃ですか？　と不意に意地悪質問をされてたら、おれは何と答えてたのか。あきらめて、はい、と言ってしまったかもしれない。

「本、何を借りた？」

「小説」

「何てやつ？」

「サンネンキョウダイ。一年二年三年の三年に兄と妹で、三年兄妹。自分と同じ兄と妹だから、借りてみた」

「三年兄妹。どういう意味？」

「三年だけ兄妹だったの。連れ子がいるお父さんとお母さんが再婚して、また離婚しちゃう。結婚してたその三年間だけ兄妹だったわけ」

「へぇ」

「だから兄妹なのに同い歳。血のつながりはなし」

「もう兄妹ではないってことだよな？」

「そう。ただ、一時的とはいえ兄妹だったから、まったくの他人という感じでもないの。

何日か前に読み終えた。おもしろかったよ」

「書いたのは、何て作家？」

「ヨコオセイゴ」

若緒は漢字も教えてくれた。横尾成吾、だという。

「知らないな。有名？」

「ではないのかも」

「有名ではないほうが、そんなときに挙げる名前としてはいいか。本が好きって感じがするし。じゃ、あれだ、今度面接で訊かれたら、最近読んだのは横尾成吾の『三年兄妹』ですって言うわけだ」

「うん。でも次も読まなきゃ。そのあとの面接でまた訊かれるかもしれないし」

「前に読んだやつを一回めに答えとけば？　で、次が『三年兄妹』」

「それだとうそをつくことになるじゃない」

「うそってことはないだろ。そっちも読んでるんだし」

「でも最近読んだ本ではなくなるよね」

「最近ではあるよ。直近ではないだけで」

「それは通らないよ。うそはダメ。いい悪いの問題じゃなくて、あとあと自分が縛られるから。うそにまたうそを重ねて、みたいになっちゃう」

「就活なんて、ある意味うそ合戦だろ。志望動機だって盛りに盛ってるわけだし。業界全体ならまだしも、一社ごとの志望動機なんてないよな」

「そこをどうにかうそでなくすのが就活なんでしょ。それができるようになったら強いのかも」

「って、何か、おれが就活生みたいになってない？」

「ん？」

「おれが就活生で、経験者の若緒にアドバイスをもらってる、みたいになってるよ」

「うわぁ。それはいや。わたし、思いっきり偉そうなこと言っちゃってるってことじゃない。実際には内定をもらえてないのに」

「でもその感じでやってけば、いつか内定は出るだろ」

「出てほしいよ」

「まだ六月だし」

「もう六月でもあるよ」

「若緒ならだいじょうぶ。少なくとも、就活をしてたときのおれの五倍は上をいってる」

「五倍かぁ。もっと上かと思ってた」

若緒はそう言って笑い、左手で左膝を撫《な》でる。くるくると円を描くように。摩擦《まさつ》で温めるように。そしていくらか間を置いて、こう続ける。

「お兄ちゃんはそこを心配してるのかもしれないけど。わたし、別にこれで不利になったりはしてないよ」

　これ。足。

「そう感じたことは、ほんとに一度もない。もし感じたら、わたし自身がそんな会社には行きたくないと思うだろうし。今こうなってるのはわたしの力不足。それだけ」

「あぁ」としか言えない。

　余計なことをした。余計なことを言わせてしまった。結局、伝わってるのだ。おれのそういう不安が。

「大河と連絡はとってる?」といきなり若緒が言う。

「いや、特に、とってないよ」

「こないだ二人で『羽鳥』に行ったとき、そんなに連絡はとらないって言ってたけど。あのあともずっと?」

「そう、かな」

「あれ、三月だよ。もう三ヵ月経ってる」

「そう、だな」

「友だちと三ヵ月連絡をとらないなんてこと、ある?」

「あるだろ。どっちも働いてるわけだし」

「ＬＩＮＥくらい、しない？」

「それは、人によるだろ」

「相手によるってこと？」

「まあ」

「大河は、しないほうの相手？」

「そういうことでもないけど」

「仲よかったじゃない」

「よかったけど」

過去形で言ってしまい、ひやっとする。ごまかすように、話を変える。

「大河」

「何？」

「カノジョいるよ」

「え？」

「もう付き合ってる相手がいる」

「あぁ。そうなの」

「知らない、んだよな？」

「知らないよ。それは、何、大河から聞いたの？」

「いや。中学の同級生から。その相手も、やっぱり同級生だよ」

「お兄ちゃんの同級生でもあるってこと？」

「そう。よく知ってる人ではないけど」

「まあ」と若緒は言う。「カノジョがいてもおかしくはないよね」

「ないか？」

「ないでしょ。わたしたちはもう別れたんだから」

「でも。何ていうか、早すぎるだろ」

「そんなことないでしょ。別れた次の日からほかの人と付き合うのだって、ありだと思うよ。ちゃんと別れてさえいれば、問題はない」

ないのか？　そう簡単に切り換えられるものなのか？

「これ、こないだは言わなかったけど。別れようって言ったのはわたしだよ」

「え、そうなの？」

「そう」

「何で？」

「もう無理だと思ったからに決まってるじゃない」

「でもさ」

「でも何？」

「それじゃあ、あまりにもひどいというか」

「わたしが？」

「いや、大河が」

「どうして？」

「だって、あんな」と、そこで言葉に詰まる。

あんな事故に遭わせておいてそれはないだろ。そんなの無責任だろ。そうは言えない。

若緒が膝を撫でる手を止める。おれを見て、言う。

「事故は関係ない」

おれはやはり何も言えない。若緒の顔さえ見られない。見るのは若緒の膝と、そこに置かれた手。

「わたしは事故と無関係に大河を嫌いになっちゃいけないの？　こうなったから、大河に一生面倒を見てもらわなきゃいけない？　そこにわたしの自由はないの？」

ますます何も言えない。もう若緒の膝と手も見られない。見るのは、さっきおれ自身が閉めたドア。

「別にね、そんなに嫌いになったわけではないよ。ただ、一緒にいるのはお互いにとってよくないと思った。このままじゃ大河もすり減っちゃうし、わたしもすり減っちゃう。この先もうわたしには頭が上がらないとか、大河がそんなふうになるのはいやだったの。そんなの、どう考えたって、いい関係じゃない。ちがう?」

それに対する返事すら、おれはできない。ちがわない。それが正解。わかってはいる。でも言えない。

若緒が別れを切りだしたのだとしても。大河だって選んではいるのだ、若緒との別れを。若緒が言いだしてくれてよかった。そんなことさえ思ったかもしれない。

おれが大河なら。思ってしまいそうだ。


「なあ、三上、その辺はうまくやれよ」と間瀬さんに言われる。

場所はバックヤードの狭い事務室。また呼ばれたのだ。

今度は意外ではなかった。こんなことになるのではないかと予想はついてた。マジでそうなったか、という驚きはあったが。

パートさんの勤務シフト表は今もおれが作成してる。泉田さんにああ言われたからといって、間瀬さんがそこを変えることはなかった。泉田さんにもやんわり言ってくれたらしい。あれはちょっとした勘ちがいだったみたいだから、と。間瀬さんがそう言うなら、と泉田さんも納得したようだ。おれ自身はあまり納得しなかったが。

で、そのあまり納得してなかったとこへ、泉田さんから休みの希望が出された。

勤務シフト表作成ギリのタイミング。というか、厳密にはアウトだった。希望があればこの日までにお願いします、とおれが伝えてた日の翌日の朝だから。

それでも、まだ勤務シフト表の作成にかかってなかったので、希望は聞いた。締切は昨日なので、今後は厳守でお願いします、と言いたかったが、言わなかった。こらえたのだ。嫌味っぽくなってしまったらよくないなと思って。つまり、譲ったのだ。

でも泉田さんはこちらのそんな意を汲《く》んではくれなかった。気づかなかったのか何なのか、こんなことを言った。

「わたし、ちゃんと言ったからね」

「はい？」

「ちゃんと伝えたからね。もうまちがえないでよ」

カチンと来た。まちがえって、何だ。

伝えたからといって、休みの希望が通るわけではない。全員の希望がすべて聞き入れられるわけではない。そこはベテランさんも新人さんも同じ。そこで差をつけないことこそが、ひいきをしないということだ。希望が聞き入れられなかったとしても、それはこちらのまちがいではない。

そもそも、雇われてる側が、あの日も休みたいこの日も休みたい、はありなのか。泉田さんが思ってるように、社員はなしでパートさんはありなのか。働く日数をこちらが勝手に増やしてるわけではないのだ。そちらが週に何日働きたいと応募してきたから、それどおりにやってるだけ。

もちろん、できる限り調整はする。そういう契約だからと無下《むげ》にはねつけたりはしない。でもその調整はこちらだけがすることなのか。そちらも、働けるよう調整するべきではないのか。働かせてもらってる、と思う必要はない。それはまったくない。ただ、働いてやってると思うのも、またちがうだろう。

そんなようなことを瞬時に考えてしまい、つい言葉が出た。

「あのときはほんとに言いました?」

「は?」泉田さんは言った。「どういう意味?」

「休みの希望を、言いました? 僕は、聞いた記憶がないんですよ」

「言ったわよ。三上くんも、わかりましたって言ったし」

「どこでですか?」

「事務室でよ」

「花木さんが来られたのは覚えてますけど。泉田さんも、来られました?」

「わたしがうそをついたって言うの?」

「そうは言いませんけど」

「そう言ってるのと同じじゃない」

「いや、ほんとに記憶がないので」

「ねぇ、それってパワハラでしょ」

「は?」とさすがに声を上げてしまった。「どこがですか」

「三上くん、わたしたちを下に見てるよね」

「見てませんよ」

「見てるよ」

「見てないです。見てないし、今のこれはそういう話ではないですよ」

「じゃあ、わかりました。この休みは入れてくれないわけね。いいですよ。出ますよ」

「いや、だからそういうことでは」

というその言葉を最後まで聞かず、泉田さんは歩き去ってしまった。

そのことを、泉田さんはまた間瀬さんに訴えたわけだ。パワハラとは言わなかったが、うそつき呼ばわりされた、とは言ったらしい。

「もうちょっとやりようはあるだろ」と間瀬さんがおれに言う。「何も蒸し返すことはなかったよな」

「蒸し返したつもりはないですよ。ただ訊いただけです。釈然とはしなかったから」

「泉田さんにしてみれば、蒸し返されたと思うだろ」

「おかしいですよ、それで僕がうそつき呼ばわりしたなんて。言ったもん勝ちじゃないですか。そんなふうにとられたら、こっちは何も言えないですよ」

「泉田さんも本気で言ったわけじゃないよ」

「いや、本気でしたよ」

「本気なら、おれにじゃなく店長に言うよ。あの人ならそうする。ここで止まるとわかってるからおれに言うんだよ」

「その相手までしなきゃいけないんですか?」

「しなきゃいけないんだよ」と間瀬さんはあっさり言う。「こないだも言ったろ。それがおれらの役目でもある」

「だったらもう、直《ちょく》で店長に言ってもらっていいですよ」

「やけになるなって。要するにガス抜きの穴だ。その穴の役をおれらがやればいいんだよ。でな、おれもこの何年かでわかった。そのガス抜きも、一方通行じゃない。パートさんたちと話すのってさ、実はおれらのガス抜きにもなるんだよ」

「なります?」

「なる。三上はあんまり休憩所に行かないよな。そこでパートさんと話とか、しないだろ?」

「そうですね。行っても邪魔になりそうなんで」

「ほんとにそれだけか?」

「はい？」

「自分が行きたくないと、思ってないか？」

「まあ、少しは」と正直に言う。

「飛びこんでみればさ、意外と簡単なんだよ。こっちが話したがってるとわかれば、あちらも話してくれる。ダンナの悪口なんかもあれこれ言ってくれるよ。何なら店長の悪口だって言ってくれる。そんなことを話してるとさ、知らないうちに、こっちのガスも抜けるんだよ」

そうなるとはとても思えない。おれが休憩所に行ったところで、いやな顔をされるだけだろう。ダンナの悪口は聞けるかもしれないが、店長の悪口は聞けない。三上くんは店長側の人間、と警戒されるだけ。で、休憩所からおれが出ていったら、おれの悪口が始まるのだ。

くだらない。何なんだよ、これ。

ガス抜きの穴。人は穴になんかなれない。なりたくもない。

おれは入社して初めて考える。

何を？

退職を。

葛西臨海《かさいりんかい》公園は、三上家があるのと同じ江戸川区にある。

東京湾に面した広い都立公園だ。そこには葛西臨海水族園やダイヤと花の大観覧車がある。どちらも子どもだましではない。大人も呼べる立派なものだ。

その先の葛西海浜《かいひん》公園とは橋でつながってる。そこには東なぎさと西なぎさがある。人が入れるのは西なぎさだけ。東なぎさは環境保全ゾーン。野鳥保護のため、立入禁止になってる。

大観覧車は、地上百十七メートル。何年か前までは日本一の高さだったらしい。実際、デカい。人で言えば江藤くんクラス。海のほうまで行くと、こちら側の河川敷からもはっきり見える。ただ、そんなふうに荒川を挟んでるので、そう近い感じはしない。気軽に歩いては行けない。それこそ江藤くんなら、走って行ってしまうかもしれないが。

地図で見ればわかる。江戸川区でも、おれが住む平井とその南の小松川だけが荒川の西側にある。墨田区か江東区にしてしまってもよさそうなものだが、東の太い荒川と西の細い旧中川《なかがわ》に挟まれたその地域は江戸川区となってる。

今回はここと、場所は初めから決まってた。美令との久しぶりのデート場所、だ。

葛西臨海公園には一度行ってみたい、と前々から美令が言ってた。でもおれにしてみればローカル感というか地元感があり、いつもあとまわしにしてた。だったらほかのとこにしよう、となってしまうのだ。

最近おれが誘わないからか、美令が自分から言ってきた。ただ会おうよではなく、葛西臨海公園に行こうよ、と。

具体的にそう言われると、断りづらかった。おれ自身、さすがにそろそろ会いたいと思ってもいたので、じゃあ、行こう、となった。近くて楽だから、ではない。逆に目新しい感じもしたのだ。

同じ江戸川区に住むおれも、実はあまり行ったことがない。もう十年は行ってないかもしれない。広い河川敷もほかの大きな公園も近くにあるので、よそから人が多く集まるその公園にわざわざ行こうとは思わないのだ。

平井からだとちょうどいい交通機関がない、という理由もある。車で行けば楽は楽だが、駐車場は有料で、しかも休日は待たされるぐらい混むらしい。ならいいや、となってしまう。

そもそも、車の運転はそう好きでもないのだ。

若緒の事故があったから、ではない。免許は大学二年のときにとったが、家のプリウスにもあまり乗らなかった。混雑する都内の道を走る気にならなかったのだ。考えてみれば。若緒の事故があってからは、さらに乗ってない。その若緒を駅に迎えに行くときぐらい。

そんなだから、美令とドライブデートをしたことも数度しかない。おれらが近くに住んでればもう少ししたのかもしれないが、平井と阿佐ケ谷なので、そうはならなかった。ドライブデートは時間の無駄も多いのだ。酒も飲めない。

そして幸い、美令はお台場《だいば》に行きたいだの横浜《よこはま》に行きたいだの言いだすタイプでもない。一度だけ夜のレインボーブリッジを走ったことがあるが、そのときも、うわぁ、やっちゃったね、と言った。ちょっと恥ずかしい。わたしたちには無理だね。何ていうか、無理しちゃった感がすごい。

今日の休みは、美令がおれに合わせてくれた。平日の木曜。日曜に出勤した分の代休をとったらしい。美令はおれら小売店を取引先とする会社の営業さんだから、そんなことも普通にあるのだ。

阿佐ケ谷から葛西臨海公園まで、美令はJRで来た。東京で中央線から京葉線に乗り換えたのだ。初めて舞浜《まいはま》以外の京葉線の駅で降りた！　らしい。

おれは都営バスを乗り継いで行った。最寄の小松川三丁目のバス停から乗り、東京メトロ東西《とうざい》線の葛西駅前で乗り換え、葛西臨海公園駅前で降りた。

待ち合わせは駅の改札。久しぶりに会うので、妙に緊張した。カノジョと会うのに緊張しちゃマズいだろ、と思った。

でも会ってみればいつもの美令。ほっとした。

「久しぶり」と言ったあと、美令はすぐに笑顔でこう続けた。「カノジョと久しぶりって、何?」

それにはおれも少し笑った。すんなり笑うことができた。

駅から出ると、そこはすぐ公園。右に行けば大観覧車があり、まっすぐ行って左に曲がれば水族園がある。おれらはまっすぐ行き、少し手前で左に曲がった。目指すのは鳥類園。タダみたいだからまずはそこに行こう、と美令が言ったのだ。

鳥類園は、全体が広い森のようになってて、そこに上の池と下の池がある。上の池は淡《たん》水池《すい》で、下の池は汽《き》水《すい》池。淡水は、まあ、真水として。汽水は、淡水と海水が混じり合った塩分の少ない水、だそうだ。

森にはウォッチングセンターなどの野鳥観察施設が点在してる。この鳥類園とその向こうに位置する葛西海浜公園の東なぎさは渡り鳥の休憩場所になってるという。羽を休める鳥たちの姿が観られるのだ。

「水族園と観覧車は、行く気になったら行こう」と美令。

「うん」とおれ。

「と言ってる時点で、水族園にはたぶん行かないよね。行けたら行くっていう施設じゃないし。観覧車は、じゃあ、乗ろう、で乗れるけど」

「そうだな」

「でも観覧車は、乗ったら乗ったでキスしなきゃいけないし」

「何それ」

「そのために乗るカップルとか、多そうじゃない」

「多いかはわからないけど、いそうではあるか」

「そういうの、結構なプレッシャーだよね」

「プレッシャーではないよ」

「この二人どうせキスするんだろうなぁ、とか周りに思われそうじゃない」

「思わないだろ」

「わたしたちはキスしません、みたいなバッジを付けたくなるよ。そのバッジを、乗る前に配ってほしい」

「係員が配んの？」

「そう。どうなさいますか？　ってカップルに訊くの。で、もらう。そのバッジを付けて乗る。でもキスはしちゃう」

「しちゃうのか」

「で、下に戻ってきたら、係員さんに言われるの。お客様、違反ですって」

「見られてんの？」

「そう。カメラか何かで」

「こわいよ」

と、まあ、そんなことを話しながら歩いた。上の池の右側の道を行く。

周りには木々が多く植えられてるが、道自体は舗装されてる。そのためか、森という感じはしない。やはり、人の手が入った公園。行き届いた公園、だ。

美令とは、大学が同じだった。学部も同じ。法学部。おれは政治経済学科で、美令は経営法学科。学科がちがえばそんなには会わないが、おれらはフットサルのサークルで一緒になった。

街なかも街なかにあるビル校舎の大学だから、グラウンドはない。でもすぐ近くにフットサルコートがあった。いつもそこでプレーした。

大学に入り、まず、何のサークルに入るか迷った。高校ではサッカーをやらなかったが、大学ではまたちょっとやりたくなった。サークルでやるならいいか、と思った。といっても、体力はない。大学入学の時点ですでになかった。

そこで、フットサルを思いついた。

コートが狭いフットサルだって、体力は必要。本気のフットサルなら絶対に必要。それは同じくコートが狭いバスケと同じ。ただ、大学サークルのフットサルならそうでもない。一チーム五人。公式試合だと交代要員の数は決まってるが、普段のお遊びならそれもなし。疲れたらすぐ交代してもらえる。レギュラーや補欠の概念もほぼなし。ボール遊びの楽しさだけを気軽に享受《きょうじゅ》できる。

　ということで入ったら。そこに美令もいたのだ。

　女子サッカーの経験者、ではない。ちょっと体を動かしたかった、というだけ。ジムに通ったりでなく、学校でそれができたらいいと思っただけ。迷ったが、テニスよりはサッカー、となったらしい。

　そう考える人はほかにもいたようで、メンバーの三割は女子だった。女子もちゃんとプレーする。その感じはよかった。マネージャーとかいうのは、何か空々《そらぞら》しい。サークルでマネージャーもないだろう、と思ってしまう。

　そんなお遊びサークルとはいえ、高校でサッカーをやってたやつはやはりうまい。高校ではやらず中学でも補欠だったおれの五倍はうまい。それでも、試合に出られないことはないし、ボールがまわってこないこともない。だから初心者も楽しめる。美令も楽しんでた。

　自分より下手な選手がいることが新鮮だった。女子からパスが来ることも新鮮で、自分が出したパスで女子がシュートを打つことも新鮮だった。フットサル楽しい～、と歓喜の声を上げそうになった。

　おれが男子では下手な部類だということはすぐにバレた。でも美令がそれでおれを見下すことはなかった。おれ自身、気にならなかった。そんな余裕を中学生のときに持ててたらな、と思った。

気は合ったので、二年生のときに一度告白した。あっさり断られた。

ダメもとで、三年生のときにもう一度告白した。あっさり受け入れられた。

「え、何で？」と言ってしまった。

「何で？　って何よ」と美令は言った。「時間が経ってその人を知れば、気持ちは変わるでしょ」

「変わるほどの何かを、知った？」

「うーん。そう言われると、どうだろう。そんなには知ってないか。あ、でも、三上くんが左足でリフティングできないことは知ったかな」

「左足でリフティングできないことを知ったから付き合うわけじゃないでしょ」

「ないけど。下手なのにフットサルをやろうと思うとこはちょっといいなと、そうは思ったよ」

「うわ。下手って言っちゃったし」

「だって、うまいとは言えないから」

そう言って、美令は笑った。

おれも笑うことができた。何だ、下手でもいいのか、と思うこともできた。なあ、おい、サッカーが下手でも気にしない女子もいるらしいぞ、と中学生の自分に教えてやりたくなった。

そんなわけで、美令とはもう四年付き合ってる。そう聞けば長いような気もするが、過ぎてみればあっという間だ。就活とか就職とか、そんなあわただしいあれこれがあったからかもしれない。

正直、就職したら関係を続けるのは難しいかな、と思ったこともある。実際、それをきっかけに別れてしまうカップルは多い。お互いに環境が大きく変わるから、どうしてもそうなるのだ。新しい場に身を置き、新しい人と知り合う。新しい価値観も生まれる。逆に言えば、それまで同じ価値観を共有してきた相手とのズレも生じる。

おれらは、そんなでもなかった。ズレは生じただろうが、気になるほどではなかった。美令は小売店を相手にする営業さんで、おれは小売店の社員。立場はちがうが現場は同じ。それがいいほうに作用した可能性もある。そんなには相手が遠くならなかったのだ。

道をしばらく歩いていくと、目の前が開け、海が見えた。水の向こうには細長い小島のような東なぎさ、左方にはディズニーランドも見える。旧江戸川を挟んだ先はもう浦安《うらやす》市。千葉県だ。

ウォッチングセンターへは行かず、そのまま下の池のほうへ進む。道は狭い石畳のそれになる。人とすれちがわないからか、森感も出る。

鳥類園といっても、鳥だらけというわけではない。さえずりが聞こえ、ちょこちょこ姿を見るくらい。でも鳥類案内の看板は各所に立てられてる。

「こんなふうに環境を整えれば、鳥はちゃんと来るんだね」と美令が言い、

「うん」とおれが言う。

「傑も、来てくれてよかったよ」

「ん?」

「今日来てくれなかったら、わたし、結構きつかった」

どういうこと? とは訊かない。自分でもわかってるから。

木々に挟まれた道を、二人、黙って歩く。そこまでの高木はないので、空はちゃんと見える。鬱蒼《うっそう》とした感じはない。

「ごめん」と変なタイミングで言う。

「何が?」

「いや。何か」

さらに歩く。

姿は見えないが、鳥たちの声は聞こえる。聞こうと意識してるからだろう。

「傑、ちょっと変わったよね」と美令が言う。

「え?」

「若緒ちゃんの事故があってから」

そのことは、もちろん美令に話した。隠そうと思えば隠せたが、隠すのは変だから。自分が変わったことを否定はしない。

「どう変わった?」と尋ねてみる。

少し考え、美令は答える。

「いつも張りつめてる感じがする。怒ってるっていうのとはちがうけど」

「そう感じるほど、会ってないだろ」

「LINEとかでも、そういうのは伝わるよ」

張りつめてる。美令が言うならそうなのか。まあ、そうなのだろう。美令にしてみれば、おれが遠くなったのかもしれない。

美令に会ったら店のことを話すつもりでいた。店のこと。泉田さんとの面倒なあれこれだ。

でも何となく話しづらくなった。この流れで退職なんて言葉を出したら、空気がまさに張りつめてしまう。

と、おれがそんなことを考えてるあいだも、鳥たちは鳴く。

鳴くと泣く。語源は同じなのかな、と思う。

鳴いてる鳥は、泣いてるってことなのかな。

七月 颪

父方のおじいちゃんとおばあちゃんはもういない。新平《しんぺい》おじいちゃんと梅子《うめこ》おばあちゃん。おじいちゃんはおれが小五のとき、おばあちゃんはおれが中三のときに亡くなった。どちらとも、一緒に暮らしたことはない。二人は悦治伯父《えつじおじ》さん兼子伯母《かねこおば》さん夫婦と足立《あだち》区の綾瀬《あやせ》に住んでたのだ。悦治伯父さんが、おれの父の兄。この人は教師ではない。会社員だ。シャッターをつくる会社に勤めてる。

母方のいとおばあちゃんも、おれが幼稚園児のころに亡くなった。

祖父母で今も生きてるのは、東おじいちゃんだけだ。ひがしではない。あずまと読む。母方だから、名字は栗林。栗林東。

その東おじいちゃんはこれまでずっと元気だったが、ついに体調を崩して入院した。八十一歳だから無理もない。

笹《ささ》伯母さんからその旨連絡が来た。東おじいちゃんは急に具合が悪くなり、動けなくなってしまったらしい。入院してあちこち検査するとのことだった。

それを聞いて、母が実家に帰ることになった。

父の実家とちがい、母の実家は遠い。京都府だ。日本海側の宮津《みやづ》市なので、行くには時間がかかる。京都までは新幹線で二時間強だが、その京都から特急はしだてでまた二時間近くかかるのだ。

宮津には、有名な天橋立《あまのはしだて》がある。宮城の松島《まつしま》や広島の宮島《みやじま》とともに日本三景の一つとされるあれ。宮津湾と内海の阿蘇海《あそかい》を隔《へだ》てる砂州《さす》。

おれも小学生のときと中学生のときに行った。親の実家に観光地が近いと便利だな、と思った。逆に近すぎて、ありがたみはそんなになかったが。

特に最初の小学生のときはぴんと来なかった。砂州だというから、南の島にありそうな、潮が引くと姿を現す砂の道のようなものを想像してたのだ。

でも天橋立は出っぱなしだった。写真なんかで見ると確かに細いが、ほぼ陸地。木々もたくさん生えてた。ほぼ陸地なのに三キロ以上にもわたってそんな形状になってることがすごいと気づいたのは、中学生になってからだ。

母の実家は宮津駅側にある。東おじいちゃんは一人でそこに住んでる。といっても、すぐ隣に笹伯母さんと房夫《ふさお》伯父さんが住んでるから、まあ、同居してるようなものだ。

笹伯母さんが母の姉。名字は栗林ではない。もちろん三上でもなく、北原《きたはら》。房夫伯父さんの名字だ。

伯父さんと伯母さんには子どもが一人いる。娘、結佳子《ゆかこ》ちゃん。おれと若緒のいとこだ。おれより六歳上だから、三十一歳。今は仕事で神戸《こうべ》にいるらしい。勤めてるのはアパレル関係の会社。関係、というところまでしか知らない。結婚はしてない。するという話もまだ聞かない。

おじいちゃんはいろいろ検査するみたいだし、その結果が出るまではいるつもりだから、すぐには帰れないと思う。

そう言って、母は実家に帰っていった。

三週間が過ぎたところで、母から電話が来た。再検査をするからまだもう少しかかる、という内容の電話だ。

ということは、おじいちゃん、あぶないのか？

ちょっとよくない感じがした。万が一のときのために会社の忌引《きびき》休暇のことを調べておくべきかもな、と思った。

それは父も同じ。東おじいちゃんの具合が本当に悪いのなら自分も一度行くべきかもしれない。父はそうも思った。そして母にでなく笹伯母さんに電話をかけた。

意外なことがわかった。

夜の八時すぎ。その電話を切ると、父は居間にいたおれと若緒に言った。

「おじいちゃん、悪くないそうだ」

「え？」とおれが言い、

「どういうこと？」と若緒が言った。

「もう歳も歳だし、不整脈気味ではあるけど、とりたてて悪いことはないらしい」

「まだ入院してるの？」と若緒。

「いや。もう退院してる。笹伯母さんによれば、とっくに」

さらに聞けば。しばらくこっちにいると父には伝えてあると、母は笹伯母さんに言ってた。笹伯母さんは笹伯母さんで、何かおかしいと薄々感じてはいたという。

つまり、母は、自分の意思で三上家に帰ってこないのだ。帰ってきたくないのだ。

まさかあのフロ掃除のことがきっかけで？　とおれは思ったが、そうではないらしい。

これは若緒に聞いた。あのあと、父と母はまたケンカをしたそうだ。おれは仕事に出てた日曜。しかも昼。母は台所で皿を洗ってた。その途中で父と言い争いになり、わざとではないが手から皿を落とした。ガチャン！　とかなり大きな音が響いた。隣の郡家まで届いてしまいそうな音だったという。

父と母の関係は、おれが思う以上にマズいとこまでいってたのだ。

笹伯母さんに電話をしてから、父は母にも電話をした。

母が電話に出ない、ということはなかった。が、話が続くこともなかった。まだ帰らない。母はそうくり返すだけ。父も、帰ってこいとは言わなかったという。

母がいないあいだ、食事は各自とるようにしてた。帰りにどこかで食べてくるとか、コンビニで弁当を買ってくるとか。土日は若緒がつくってくれたりもした。期間限定だからこそ、それでよかった。何も気にならなかった。が、その状態が続くことになった。期間限定は無期限になった。単なる延長では済まない可能性も出てきた。

それからさらに二週間。母がいなくなってからということでは、一ヵ月強。

その生活が、変に落ちつきつつあった。掃除は休みの日に父がやり、洗濯は朝が遅い日に若緒がやった。おれは、双方の補助要員という感じ。

母がいないので、ダイニングテーブルに四人がそろうことはなくなった。三人がそろうことすらなかった。食事は各自とるので、そうなりようがないのだ。

そろっても、二人。その二人がそれぞれコンビニ飯を買い、たまたま同じ時刻に帰ってきた場合のみ、そうなる。

今日がまさにそれだ。

父とおれ。父はおにぎり二つと総菜のひじき煮。おれは牛カルビ弁当。みそ汁はともに買い置きのインスタント。高校教頭の父親と会社員の長男が二人で向き合ってコンビニ飯。ちょっとわびしい。

「お母さんがいないと、何にもできないな」と父が言い、

「うん」とおれが言う。

すでにそれ用の湯を沸かしてたが、インスタントみそ汁のみそや具の開封にかかる前に父が言う。

「ちょっと飲むか」

「ん？」

「ビール」

「あぁ」

「一本だけ」

「飲もう」

ということで、出した二つのお椀《わん》を食器棚に戻し、冷蔵庫から缶ビールを二本出す。

「洗うのはめんどくさいからグラスはいいよね？」とおれが尋ね、

「ああ。缶から直《じか》にでいい」と父が答える。

缶をクシッと開け、実際に直飲みする。

若緒は二階にもいない。友だちとご飯を食べてくるらしい。友だちというのは成尾桃奈。ブライダル会社から内定をもらったあの桃奈だ。

昼すぎに若緒からこんなＬＩＮＥが来た。

〈今夜は桃奈とご飯。だから絶対につくれない〉

〈了解〉と返した。

それで終わりかと思ったが、次も来た。

〈桃奈がいるから、遅くなってもお迎えはだいじょうぶ〉

〈了解〉とまた返した。

だから気兼ねなくビールも飲めたのだ。車の運転をしなくていいから。

母がしばらく帰らないとわかってからは、平日も若緒が晩ご飯をつくることが増えた。おれは帰りが遅い日もあるから一緒に食べることはあまりないが、用意はしておいてくれる。それ故《ゆえ》の家庭内連絡。若緒は当然、父にも伝えたはずだ。

弁当の牛カルビを食べる。つまみにするつもりが、つい白ご飯も食べてしまう。そうしないと、あとで白ご飯だけを食べることになってしまうからだ。結果、白ご飯でビールを飲む感じにもなる。

「傑」

「ん？」

「城山くんとは会ってるのか？」

「そんなには、会ってないかな」

そんなにはも何もない。会ってない。でも先々月、ゴールデンウィークの飲み会のときに会おうとはしたから、その言い方になった。

　おれは何故か母のことを思い浮かべる。そして言い直す。母に寄ったつもりで。

「そんなには、でもないか。大河とはまったく会ってないよ」

「まったくか」と言って、父もビールを飲む。ひじき煮をつまみにして。

　母に寄ったことで父を責めたような気分になる。今度は言い訳めいたことを言ってしまう。

「どっちも働いてるしね」

「まあ、そうだな」

　また牛カルビを食べ、白ご飯も食べ、ビールを飲む。

「あ、そうだ」とイスから立ち上がる。

「どうした？」

「チーズ、あったよね？」

「あぁ」

　冷蔵庫の扉を開け、なかを見る。

　あった。若緒が買ってきたスライスチーズだ。

　たまに昼ご飯として若緒はピザトーストをつくる。食パンにマーガリンとケチャップを薄く塗り、スライスチーズとハムを載せて、刻んだピーマンやパプリカを散らす。そしてトースターにイン。それだけの簡単なものだが、休みの日につくってもらったら思いのほかうまかった。

スライスチーズは七枚入り。すでに二枚は使ったようで、今袋に残ってるのは五枚。一人二枚ずつということで四枚出し、残りの一枚は冷蔵庫に戻す。ギリセーフ。

つまみに牛カルビを食べると白ご飯が残る問題、もこれで無事解決。おれはイスに戻り、さっそくスライスチーズの一枚のフィルムをはがす。そして言う。

「お父さんはさ、昔の友だちとかと会う？」

実はこれ、前から思ってたことだ。

今二十五歳の自分の感覚からすると。この先何歳になっても親しい友だちと会わなくなることはない。が。父ぐらいの歳の人が友だちと会ってる感じはないのだ。せいぜい、同窓会があれば会う、という程度。個人的に連絡をとり合ってるようには見えない。

実際、父は言う。

「ほとんど会わないな」

「連絡をとったりは？」

「それもたまにか。四十代のころは会ったりもしたけど。五十代になってからは、さすがにな。まず、飲みに出ることがなくなった。家族もいるしな」

思ってたとおりの感じだ。会う必要がなくなる、ということなのかもしれない。家族がいるから友だちとは会う必要がなくなる、という意味でもなくて。

仕事関係の人と飲みに行ったりすることはあるだろう。それは、その仕事が理由になるからだ。会う必要、があるからだ。

会わなくなると、友だちはもう友だちではなくなるのか。

なくなるのかもしれない。友だちにも期限はあるのかもしれない。考えてみれば、ないほうがおかしいのだ。まず、友だちという言葉が示す範囲が広すぎる。

例えば小学校時代にクラスが同じだっただけの相手のことも、普通に友だちと言う。あくまでも便宜《べんぎ》上。いちいちクラスメイトとか同級生とか言うのも面倒だから、友だちと言ってしまう。もっと突っこんだ話になったときに初めて、今はもう付き合いはないけど、みたいな注釈が付くことになる。

結局、友だち付き合いをしてたときの密度というか、濃度によるのだ。離れて何年も経ってから再会しても友だちだと感じる相手もいるだろうし、離れて三年経っただけでもう友だちではないと感じる相手もいるだろう。

おれにとって、大河はどうなのか。

「事故のこと」とおれが言い、

「何だ?」と父が言う。

「若緒の、というか大河の事故のこと」

「あぁ」

「学校の先生なら、どう教える？」

「どう教えるって？」

「もし生徒にその話をしなきゃいけないとして。あの事故のことはどう説明する？　悪いのは誰だと教える？」

「そういうことか」

父は考える。スライスチーズを食べ、ビールを飲む。言う。

「交通違反をして事故を起こしたなら、運転してた人が悪いと教えるだろうな」

「具体的に、あの事故なら？」

「運転してた二人、だな」

「竹見さんも？」

「ああ。一応、前方不注意は前方不注意だからな。お父さんは警察官ではないから、はっきりしたことは言えないけど」

「悪い？」

「そう言わざるを得ないな」

「大河も？」

「そうだな。事故を起こして、負傷者を出したわけだから。城山くん自身も打撲《だぼく》ぐらいはしたし、車も傷《いた》めたけど」

「でも謝りに来たとき、大河のせいじゃないって言ったよね」

「言ったな。今もそうは思ってるよ。悪意があったわけでも何でもない。その意味では悪くないと思ってる」

竹見さんに悪意はなかった。大河にもなかった。でも悪意とは言えないだけ。過失はあった。

子どもがいきなり飛び出してきて事故を起こしてしまったら。それは過失とはっきり言えるかもしれない。そういうことも想定はしておくべきだが、現実的には想定しきれないから。

でも大河の場合はちがう。何せ、行く手にあったのは横断歩道。歩行者が絶対的に優先される場所だ。想定は、して当然。大河は右折する前に目視をするべきだった。それをしなかった。その怠慢《たいまん》は、過失なのか。

悪意があったとは言わない。が、しかたない、とも言えない。大河が一人で車に乗ってたなら同情もしただろう。でも大河は一人ではなかった。助手席には若緒がいた。同情は、できない。

「じゃあ、今度は先生としてじゃなく、お父さん個人として」

「うん」

「大河が悪いとは、やっぱり思ってない？」

「思ってないな」と父は言う。即答に近い。

そう言うしかないのだろう。学校の先生としてと個人として。そこで意見が変わるのもおかしいのだ。教師は勤務時間外も教師なのだし。

それを言ったら、おれだって勤務時間外もスーパーの店員だ。ただ、教師とはやはりちがう。いや。そう思ってるだけで、実はちがわないのか。

よくわからない。何だかもう、いろいろなことがよくわからない。

おれは混乱しながらスライスチーズを食べ、ビールを飲む。牛カルビを食べ、白ご飯も食べる。

ビールをもう一本飲もうかな、と思う。

若緒のを勝手に食べちゃったから、明日、仕事帰りにスライスチーズを買ってこなきゃな、とも思う。


若緒が卒業して今は郡くんが通ってる都立高。の隣にある区立図書館。

休みの日は、たまにその図書館に行くようになった。

おれの休みはたいてい平日。だからそんなには混んでない。一度まちがえて月曜に行ったことがあり、そのときは閉まってたが、すべての月曜が休館ということでもないらしい。

行ったら、本を借りるのでなく、三階にある閲覧室《えつらん》で読む。さすがに小説一冊は読みきれない。先を読みたかったら借りる。

昔は、近いのだから借りればいいと思ってた。今は、近いのだからそこで読めばいいと思ってる。河川敷に行ったり、喫茶『羽鳥』に行ったりするようなものだ。近いから行く。せっかく近くにあるのだから、利用させてもらう。

そう。喫茶『羽鳥』には、たまに行くようになった。豆を挽いて淹れてくれる母がいなくなったこともあって。おいしいコーヒーを飲みに。

図書館に行くようになったのは、若緒の影響とも言える。先月若緒の部屋で、最近読んだ本を更新するために図書館で本を借りた、という話を聞き、ちょっと意識が向いたのだ。本に。

休みの日に家でスマホのゲームをやってるよりはいいかと思い、久しぶりに行ってみた。久しぶりすぎて、かしだしけん、が失効してたので、身分証となる運転免許証を提示し、新しくしてもらった。それは江戸川区立図書館の共通カードだという。

その後、書棚から小説を適当に抜き出し、閲覧室で読んでもみた。小説と閲覧室。どちらも久しぶりだったが、どちらも悪くなかった。

大学生のころを思いだした。おれは法学部だから、授業で使うテキストも法律関係が多かった。そんなものばかりを読まされるのはかなりしんどいので、たまには息抜きに小説も読んだ。大学の図書館にも少しは一般書があるのだ。

一時期は結構ハマり、その息抜きがメインになったりもした。法学書を読むために図書館に行き、さあ、まずは息抜きから、となるのだ。試験期間なのに。

前回読んだのは、若緒も読んだ『三年兄妹』。確かにおもしろかった。

調べたら、作者の横尾成吾は映画『キノカ』の原作者でもあった。天使が地上に降りてくる、というか落ちてくるあの話、もとは小説だったらしい。

『キノカ』はおれも観た。美令と一緒に、阿佐ケ谷のアパートで。美令がブルーレイを借りてきたのだ。主演の鷲見《わしみ》翔平《しょうへい》ファンの友だちから。

『三年兄妹』は、閲覧室で最後まで一気読みした。借りたくなかったので、多少無理をして読みきった。借りたその現物を家で若緒に見られたらいやだな、と思ったのだ。自分が借りた本を兄も借りてきたら、それはちょっと気持ち悪いだろう。

でも図書館に行くようになったこと自体は、さっき若緒に伝えた。

「課金してゲームをやってるよりはタダで本を読ませてもらうほうがいいかと思ってさ」

「確かに、タダで本を借りられるのはいいよね。わたしもあれから何度か借りてるよ。常に更新更新、と思って」

「そうか。じゃあ、もし何か借りてるのがあれば返してきてやるよ」

そう言ってから思った。若緒が行くのは大変だからおれが行ってきてやる、という意味にとられるのではないかと。だからすぐにこう続けた。

「あ、でもあれか、また何か借りるなら、自分で行ったほうがいいか」

「借りるならね。今ちょうど読み終わったのがあるから、頼んでいい？」

「いいよ」

「というか、行くとこだったの？」

「うん。行くとこだった」

と、そんな流れで返却を頼まれ、今も図書館にいる。本当は、行くとこではなかった。わざわざ若緒の本を返しに行く形になった。

で、すぐ帰るのもおかしいので、また閲覧室で本を読んでいくことにした。

今日選んだのは、『ホケツ！』。まったく知らない作家の本だ。たぶん、無名。タイトルに惹《ひ》かれた。ホケツって、補欠だよな？　と思った。おれじゃん、と。しかも、表紙の画《え》からすると、サッカー。まんま、おれじゃん。

というわけで、読んだ。

見事におれだった。おれは中学でこちらは高校と、舞台はちがうが、サッカー部の補欠であることは同じ。

主人公は三年生部員のなかでただ一人の補欠。レギュラーには二年生も二人いる。一年生も一人いる。後輩に追い抜かされてる。中学時代のおれよりも遥かにきつい状況だ。

おれは一人ではなかった。もう一人、亮英がいた。面倒なやつではあったが、いないよりはよかった。

おれとちがって、主人公はひがまない。家庭でも問題を抱えてるのにひがまない。部内で変な争いが起きないよう奔走《ほんそう》したりする。喫煙問題を起こして退部した仲間を自ら訪ねたりもする。

マジか、と思った。おれはそんなようなことは何一つしてない。レギュラーじゃなくてみっともねえなぁ、と、ただ思ってただけ。ただただひがんでただけ。

とはいえ、共通する部分もあった。

中学のサッカー部でもやはり補欠だった主人公。そのころは女子の目を気にしてたらしい。試合中のベンチで、誰が見てるわけでもないのに、今日はケガをしちゃって出られないなぁ、みたいな演技をしてたらしい。大会でも、次の試合に進むのは面倒だからここで負けてくれないかなぁ、と思ってたらしい。

そのあたりはもう、共感の嵐。わかる。すべておれだ。恥ずかしい。

高校のサッカー部では、主人公に、サッカーがすごくうまい友だちがいた。その友だちはチームのエース。そこは大河とおれみたいだった。

その友だちが何かヤバいことをしでかすんじゃないかと、読んでてひやひやした。でもそいつはとてもいいやつで、最後まで何もしでかさなかった。主人公の妹と付き合ったりもしなかった。というか、主人公は一人っ子。妹はいない。

まず、母親がいないのだ。離婚して主人公を一人で育てた母親は、主人公が中学生のときに病死。その後、主人公は母親の姉である伯母と二人で暮らしてる。おれで言えば、笹伯母さんと暮らすようなものだ。

かなりのめり込んで読んだ。

主人公はどんなにつらい局面でも常におれの上を行った。まるで隙を見せなかった。いや、見せはするのだが、おれみたいに楽なほうへ流れはしなかった。

高校三年の夏の大会。負ければ部は引退となる試合が始まったとき。主人公は、もちろんベンチにいた。

もしかして、途中から出るのか？　それとも、『ホケツ！』だからそこは最後まで出ないのか？

そう思ったところで、不意に声をかけられた。閲覧室だから、小声。そして、女声。まず肩をトントンと叩かれてから。

「三上くん？」

本から顔を上げ、相手を見た。初めは誰かわからなかった。が、三秒ほどでわかった。やはり小声で返す。

いた。

「石垣さん?」

中学生のときなら、石垣、と呼び捨てにしたはずだが、二十五歳の今は自然とさんが付いた。

何であれ、驚いた。本当に、石垣汐音だ。大河のカノジョ。

ここにいるのがおれだと気づいたから声をかけたということだろう、と思った。汐音とは親しかったわけでもないし、閲覧室では会話もできない。だからこれで終わりだろう、とも思った。

が、終わりにはならなかった。汐音が言ったのだ。これも小声で。

「ちょっと話せる?」

「え?」

「外で」

「あぁ。うん」

本をパタンと閉じて、立ち上がった。

タイトルの『ホケツ!』を見られて恥ずかしかった。自分がレギュラーではなかったからこれを選んだと思われたかな、と今なお思った。でもおれが中学でレギュラーでなかったことをこの汐音が知ってるかな、とも。

閲覧室を出ると、階段を下りて一階に行き、書棚に本を戻した。そして二人、図書館も出た。

　そこでやっと、普通の大きさの声で話す。

「ごめんね。いきなり声をかけちゃって。読書も中断させちゃって」

「いいよ。暇つぶしみたいなもんだから」

「えーと、どうしよう。そこでいい？」

　そう言って、汐音はすぐ隣にある児童遊園を指さす。

「うん」

　児童遊園ではあるが、遊具は少ない。定番のブランコもすべり台もない。

　ただ、ベンチはあるので、そこに座る。肘掛《ひじか》けで仕切られた三人用のベンチだ。

　隣だと近すぎるので、一つ空ける。あとから座ったおれがそうした。それも変だがしかたない。この手のベンチは、人同士の距離の微調整ができない。

「今日は、お休み？」と汐音に訊かれる。

「そう。基本、平日休み」と答え、訊き返す。「石垣さんも？」

「わたしは土日休みだけど、今日は有休。たまってたのを、やっと一つとった」

　おれら程度の関係で、何の会社？　とは訊きづらいな、と思ってたら、こう言われる。

「三上くんは、スーパーだよね？」

「あ、知ってる？」

「うん。聞いた」

大河から？　とは訊けなかった。そうでなくてもおかしくはないのだ。おれと汐音も中学の同期生ではあるから。

「お店は、どこ？」

「両国。ハートマートの両国店」

「ハートマートなんだ。わたしの会社の近くにもあるよ。いや、近くでもないか。ちょっと歩く。両国にも、お店があるんだね」

「うん。実家から通ってるよ。近いから」

「わたしもそう。まだ実家住まい」

こうなったら、訊ける。

「石垣さんは、何の会社？」

「出版取次」

「取次」

「そう。出版社ではなくて、取次。卸《おろし》みたいなものかな。出版社と書店を、まさに取り次ぐっていう。わかる？」

「わかるとは、言えないかな」

「そうなの。出版社はみんな知ってるけど、取次はみんな知らない。業界全体が黒子《くろこ》っていう感じ。ほんと、表には出ない」

「考えてみたら、そうか。そんな会社も必要だよね。出版社が書店に本の現物を届けるわけないもんな」

「今はネット関係の事業とかもやってるけどね。紙の本はなかなか厳しいし」

「そう、なんだろうね」

「だから本当は本を借りる立場じゃなくて、売る立場。でも読みたい本を全部買ってはいられないから、こうやって図書館も利用させてもらうの。個人的に」

「やっぱり、読書というか、本は好きなんだ?」

「うん。好きじゃなかったらこの仕事は選ばないかな」

まあ、そうだろうな、と思いつつ、こうも思う。おれはスーパーが好きだから、その仕事を選んだのか?

「今は新刊も図書館にすぐ入るからね。といっても、人気作家の本は予約でいっぱいになるけど。あっという間に百とかいっちゃうし。ものによっては千とか」

「へぇ」

「でもそこまでの人気作家でなければ、案外早く借りられる。こまめに新刊情報をチェックして、サッと予約を入れるの。仕事が仕事だから情報はたくさん持ってるし」そして汐音は言う。「それにしても、まさかこんな場所で三上くんに会えるとは思わなかった」

「おれもだよ。こんなとこで石垣さんに会うとは思わなかった。地域の図書館だから、会ってもおかしくはないけど」

「会えてよかった。ある意味、奇跡」

「いや、大げさでしょ」

「大げさじゃないよ。わたし、普段は本を借りるだけで、閲覧室には行かないし」

「そうなの？」

「そう。今日はほんとにたまたま。平日に来られることはそんなにないから、閲覧室は空いてるのかなと思って。それで行ってみたの。そしたら、あれ、見たことある人がいるなと。まさかの三上くん。奇跡」

「いや、それでも大げさでしょ」

「大げさじゃないの。だって、わたし、三上くんに会いたかったから」

「え？」

「でもわざわざ会うような間柄ではないし、ＬＩＮＥのＩＤとかも知らない。同級生の誰かに訊けばわかるだろうけど、それで連絡するのも変だしね」

何をどう訊けばいいかわからない。結果、こんな訊き方になる。

「何か、あるの？」

「ある、かな」

「えーと、何？」

長く吸った息を短く吐いて、汐音は言う。一息に。

「わたしが大河と付き合ってるのは知ってる？」

いきなりその名前が出たことに驚きつつ、答える。

「あぁ。まあ」

「知ってるんだ？」

「うん。飲み会のときに聞いた。ゴールデンウィークかな。大河からではないけど。大河は、来なかったんで」

「そうなんだね。でもそっか。知ってたんだ」

「うん」

このあとどう言っていいかもわからない。だから自分からは何も言わない。

「三上くんの妹さんと付き合ってたんだよね？　大河」

「そう、だね」

「それは知ってたの。大河と付き合うようになる前から。誰に聞いたかは忘れちゃったけど。中学ではソフトテニス部だったんだってね」

「うん」

「それは、付き合ってから大河に聞いた」

やはりどう言っていいかわからない。こんなことを訊く。

「石垣さんは、バレー部だったよね？」

「そう」

「キャプテンだった？」

「だった。あんまりやりたくはなかったけど、やらされた感じ」

「アタッカー、みたいな役だったの？」

「ううん。リベロ」

「リベロ。セッターとは、ちがうんだよね？」

「うん。守備専門の選手。ほら、試合を観てると、一人だけちがう色のユニフォームを着てる選手がいるでしょ？　あれ」

「あぁ。あれって守備の選手なんだ。ゴールキーパーみたいなもんか」

「そう。アタックはしちゃいけないし、サーブも打てない。相手のサーブとかスパイクとかを拾うだけ。チームキャプテンにはなれないし、ゲームキャプテンにもなれない」

「え？　でもキャプテンだったんでしょ？」

「うん。部のキャプテン。チームキャプテンとゲームキャプテンはまた別なの。それは試合での話」

「知らなかった。サーブも打たないのか。全員が打つんだと思ってた」

「ほんとはセッターをやりたかったんだけどね。一つ下にすごくうまい子がいたんで、譲ったの。譲ったというか、あきらめた。それでリベロ」

「でもキャプテンなんだ?」

「うん。何か、そうなっちゃった」

そういう姿勢を買われたのかもしれない。チームのために動く姿勢を。『ホケツ!』の主人公みたいなものだ。

「サッカーでも昔はリベロって結構いたみたいだけど、あくまでも戦術的なもので、ルールではっきり決められたポジションではなかったらしいんだよね。でもバレーではそうなのか。勉強になったよ」

「まさかここでリベロの話をするとは思わなかった」

「おれも。で、ごめん。余計なことを訊いた。何の話だっけ」

「三上くんの妹さんがソフトテニス部だったたっていう話。それをわたしが大河から聞いたっていう話」

「そうだった」

「だからね、もう一度言うけど、わたし、大河が三上くんの妹さんと付き合ってたことは知ってた。大河が事故を起こしたことも聞いた。それは大河本人からじゃなく、わたしのお母さんから。親同士も、仲がよかったから」

「あぁ。そうみたいね」

「大河とは家の近くでたまたま会うこともあって。それで、ちょっと話もして。妹さんと別れたことも聞いた」

「そうか」

「大河、すごく落ちこんでた。事故のあとからずっとそうではあったんだけど。またそれでさらに」

若緒のほうから別れを切りだしたのなら、そうだったのかもしれない。そうなってもおかしくはない。

「でね、これを、どうしても三上くんに言っておきたかったの」

「何?」

「声をかけたのはわたし」

「え?」

「誘ったのは、大河じゃなくて、わたし。わたしが、付き合ってほしいって大河に言ったの」

「そう、なんだ」

「そうなの。本当にそうなの」

「それを、おれに言いたかったの?」

「そう。ずっと言いたかった。三上くんの妹さんと別れた大河がすぐにほかの相手を探したとか、そんなふうには思われたくなかったから」

　軽い男だと思われたくなかった、ということか。

「大河、ちょっと見てられないくらい落ちこんでて。もちろん、わたしが大河を気にしてたっていうのもあるんだけど。ごまかすのもずるいからはっきり言っちゃうと、大河を好きだったっていうのもあるんだけど」

　汐音は、それをおれにずっと言いたかったわけだ。そんなときに、おれをあの閲覧室で見かけたわけだ。のんきに『ホケツ！』を読んでたおれを。

「大河。落ちこんでたんだ？」

「落ちこんでた。すごく。仕事に影響が出ちゃうぐらいに」

「というのは？」

「大河が何の会社に勤めてるかは、知ってるよね？」

「住販会社、だよね」

「正しくは、不動産売買仲介《ばいばいちゆうかい》会社、なのかな。大河がやってるのはリテール営業。法人じゃなく個人を相手にするっていう」

「大手だよね？　会社」

「うん。そのなかで、売上の成績もよかったみたい。新人の一年めからかなりいい数字を

出せてたらしくて」

　それは知らなかった。一年めなら、まだ事故を起こす前。おれらは普通に連絡をとり合ってた。でも大河からそんな話を聞いたことはない。わかるような気はする。大河はそんなことをいちいち自慢するタイプではない。

「その仕事に影響が、出たの？」

「そう。それまでは、新人だったこともあってイケイケでいってたんだけど。事故を起こしてからは、顧客に対して踏みこめなくなったみたいで」

「関係、あるのかな。事故と仕事が」

「もし車の販売会社とか損保の会社とかにいたらすぐに辞めてたって言ってた。自分がそんなものを人に勧めていいわけがないからって」

「でも、家、だよね」

「家でも、やっぱりつらいみたい。前はね、そこで幸せな家庭を築いてくださいとか、幸せを満喫してくださいとか、そんなある意味白々しいことも言ってたんだって」

「セールストークだ」

「うん。でも今はそれも言えなくなった。自動的に歯止めがかかっちゃうの。幸せな家庭とかお前が言うなって、どうしても自分で思っちゃうみたい」

「大河がそう言ったの？」

「言ったというか、わたしが無理に訊き出した感じ。時間をかけて、ゆっくり。誰かに話すことでちょっとでも楽になればと思って」

「楽に、なったのかな」

「あんまりそうは見えない。話さないよりはいいはずだと、わたしは思いたいけど」

「今も行ってるんだよね？　会社には」

「行ってる。辞めたりはしてない。ずっとやれるのかなって、わたしはちょっと不安。辞めて別の会社に行ったところで、また同じことになってもおかしくないから。どんな会社だって、そこの製品とかサービスとかを売るのは同じなわけで。突きつめれば、どんな製品もサービスも、人を幸せにしようとするものではあるっていうのも同じだし」

それはそうだろう。スーパーだって同じだ。人は生活する。生活必需品《ひつじゆひん》を買う。買わないよりは買うほうが幸せだ。だからスーパーも、人を幸せにしようとはしてる。

「大河も、ちょっとは苦しんでる」と汐音は言う。右隣のおれをではなく、正面を見て。

おれは何も言わない。左隣の汐音をではなく、同じく正面を見る。正面。図書館。

「そんなことをわたしが三上くんに言うのは、やっぱりずるいよね。でも言っちゃった。さっき三上くんを見た瞬間、言っちゃおうと思っちゃった。大河自身が三上くんにそれを言うことは、この先もないだろうから」

ないだろうな、とおれ自身思う。何も大河に限らない。おれが大河だとしても、それは言わないだろう。

「ただ、勘ちがいはしないでね」と汐音は続ける。「妹さんに伝えてほしいっていうことではないの。わたしは三上くんに言いたかっただけ。大河の友だちだし。わたしの同級生でもあるし。いや、クラスが同じになったことはないから、同期生、か。ないよね？　同じクラスになったこと」

「ないね」

「小学校はちがったもんね」

「うん」

「あ、じゃあ、これ知ってる？　わたし、小学校までは石垣じゃなかったの」

「そうなの？」

「そう。石垣は中学校から。小学校まではマスモト。増えるに本で、増本。親が離婚して、中学に上がるときに変わったわけ。小学校から一緒だった子たちには知られちゃうけど、まあ、中学から一緒になる子たちもいるからっていうんで」

「あぁ」

「誰にも聞いてないんだ？」

「聞かなかったね」

「そっか。まあ、クラスもちがったしね」

「うん」

「それで実際、小学校が一緒だった子たちには、結構あれこれ言われたりもしたんだけど」

「したんだ？」

「したかな。特に男子たち」

「男子たち。わかるわ。バカ男子。そのころの男子は、ほんとバカだからね。おれもそうだったけど。自信があるよ。もし同じクラスだったら、おれもいやなことを言っちゃってたはず」

「それはないと思うけど」

「と言ってくれるのはうれしいけど。残念ながらあるよ、自信」そしておれはふと思いついたことを訊く。「でも、そのまま実家に住んでたってことだよね？」

「うん。実家、お母さんの家なの。名字は増本だったけど、家はそっち。お父さんの実家は埼玉の秩父《ちちぶ》で、遠いの。そのころはおばあちゃんの体の具合がよくなくてお母さんも離れられなかったし、お父さんの会社も近かったんで、じゃあ、そこに住もうとなったみたい。結果的には、別れちゃうんだけど」

「あぁ」

三上家はだいじょうぶなのか？　と思う。熟年離婚とか、そんなことにはならないのか？　もしなったとしたら。小中学生のころに感じる類《たぐい》のきつさはないだろうが、また別のきつさがありそうだ。原因が原因だけに。父と母、どちらも悪くはないだけに。

「でも大河はね、わたしに言ってくれたの。離婚とか普通じゃん、ドラマとかでもよくやってるよって。何それ、と思ったけど、ちょっと楽になった。男子がそう言ってくれると、やっぱりたすかるんだよね。特に大河みたいな子が言ってくれると」

大河みたいな子。クラスの中心人物、周りへの影響力がある子、ということだろう。そう。大河はおれとはちがう。バカ男子、ではなかったのだ。

汐音と話したことで、おれはいくつかの事実を知った。

大河も、ちょっとは苦しんでる。大河自身が三上くんにそれを言うことは、この先もないだろうから。

汐音はおれにそう言った。おれも苦しいんだよ、と大河が汐音に言ったわけではないだろう。大河と接するうちに、汐音が察したのだ。

そして汐音がおれにそう言ったことで、おれは、おれにあるわだかまりが大河に伝わってることも知った。はっきりと伝わってることを、はっきりと知った。

泉田さんがまた突発で休んだ。理由はまた同じ。子どもの具合が悪い。

一応、連絡はしてきた。今回は出勤予定時刻後。二、三分過ぎただけではあるが、アウトはアウトだ。

その電話は、間瀬さん宛にかかってきた。だからおれはそのことを間瀬さんに聞いた。パートさんの管理をしてるのはおれなのにだ。

「ほんとなんですかね」とおれは間瀬さんに言ってしまった。「もう七月ですよ。七月にカゼとかひきます?」

「そんなにはひかない。でもな、もしかしたら重い病気なのかもしれないぞ」

それには一瞬あせった。

「そうなんですか?」

「知らないよ。まあ、ちがうだろうけど」

子どもが重い病気なら、パート自体をしてられないだろう。するにしても、初めからこちらに事情を話すだろう。

翌日、泉田さんは普通に出勤してきた。

「昨日はすみませんでした」と丁寧《ていねい》に謝った。おれにではなく、間瀬さんに。

いつもどおり、おれのことは無視だった。いや、厳密に言えば、あいさつのみ。声は発さない。目も合わさない。頭を軽く下げるだけ。

前のあれ以来、そんな状態がずっと続いてる。リーダー的存在の泉田さんがそうするから、仲がいい花木さんもそうする。ほかの数人も同じ。

泉田さんも花木さんも、休みの希望は、まるであてつけのように間瀬さんに言う。間瀬さんもすんなり聞く。そしておれに伝える。妙な形だ。

この日もそう。三人が間瀬さんに言ってきて、間瀬さんがおれに伝えた。

だからそのとき間瀬さんにお願いした。

「シフト表は、やっぱり間瀬さんがつくってくださいよ」

「ダメ」

「もう僕じゃ無理ですよ」

「おれがやるのは簡単だよ。でも実際にそうしたら、本当にそれで終わりだぞ。パートさんの意向で三上が外されたっていう形がはっきり残る。それはよくないだろ」

「僕はいいですよ、それで」

「勘ちがいすんな。三上だけじゃない。パートさんにとってもよくないんだよ」

「よくないですか?」

「よくない。そうなったら、初めは気分がいいかもしれない。やってやった、三上をこらしめてやったっていうんでな。でもそれだけだ。職場の空気はじきに悪くなる。いずれ、泉田さんと花木さんまで仲たがいをするようなことになるかもな」

「なりますか?」

「なる可能性はある。おれが前にいた店でもそんなようなことがあったよ。人の関係は一日で、というか一瞬で変わるからな。例えばわりと強めなパートさんが入ってきて、泉田さんておかしくないですか？　自分勝手じゃないですか？　と花木さんに正面から言ったとする。それだけで、どうなるかはわかんないぞ」

「でも。大人ですよ」

「大人でも、そのあたりはそう変わらないよ。小学生だって中学生だって、パートさんだって社員だって。逆に、小中学生のほうがまだましかもな」

「何でですか？」

「仲直りもできるから。大人は、一度もめちゃうと、そう簡単にいかないだろ」

せっかくだから、訊いてみた。

「前にいた店で、パートさん同士がもめたんですか？」

「ああ」

「そのときは、最終的にどうしたんですか？」

「両方に辞めてもらった」

「両方ですか？　片方じゃなく」

「そう。両方。片方に残ってもらってもまた同じことになると判断した。ちがう人相手に同じことになると」

「間瀬さんが言ったんですか？　辞めてもらいますって」

「もちろん。それもおれらの仕事だからな」

「どう説明しました？」

「あなたがたは明らかに店の規律を乱してます。それは雇用契約違反です、と」

「言ったんですか」

「言ったよ」

「納得、しました？」

「どうだろうな。もうそこはおれの仕事じゃないよ。おれの仕事は、きちんと仕事をしてくれるほかのパートさんを守ること。そんな人たちが仕事をしやすいようにすることだ」

何も言えなかった。

間瀬さんはおれの疑問にスラスラ答えた。迷いは少しもなかった。若くしてチーフになれるわけだ。

この日、仕事を終えたのは午後六時すぎ。従業員通用口を出たところで、佐橋さんを見かけた。おれは早番なので、ちょうど退勤時間が同じだったのだ。

佐橋さんは通用口のわきに立ち、スマホを操作してた。ＬＩＮＥの着信なんかをチェックしてたのだと思う。

「おつかれさまです」とおれは声をかけた。

佐橋さんは顔を上げ、おれを見た。そして、あっという感じに目を逸《そ》らし、ぺこりと頭を下げて歩きだした。

向かったのは、おれが行く駅とは反対側。おれとちがう方向を選んだわけではない。佐橋さんの家はそちらにあるのだ。電車通勤するパートさんは多くない。ほとんどの人が、徒歩もしくは自転車で行ける範囲にある店に勤める。それは泉田さんや花木さんも同じだ。

おれ、嫌われてんなぁ、と苦笑するしかなかった。誰も見てないからだいじょうぶですよ、と佐橋さんに言ってあげたくなる。仕事後におつかれさまを言うだけ。それもいやなのか。

初めは苦笑だったものから笑がとれ、苦だけが残る。苦み、だ。佐橋さんにまでそんな反応をされるのはさすがにきつい。泉田さんや花木さんにそうされる以上にこたえる。おれがちゃんと対応してこなかったせいなのか。対応のしようなんてあったのか。

駅に向かって歩く。

そこまでは徒歩十五分。結構かかる。まあ、スーパーはどこもそんなだ。駅前にある店よりは住宅地にある店のほうが多い。

考えたくはないが、考える。考えれば考えるほど腹が立つ。いや。考える、と言うほど筋道を立てては考えられない。理路整然とはやれない。

大通りを渡り、一方通行路を進む。

一方通行だが、狭い歩道が両側にある。おれが歩いてるのは右側。そこ沿いにある小さな会社の車庫に車が駐まってる。運転席には人もいる。

歩行者のおれが通りすぎるのを待つものと思ってた。が、ドライバーはこちらには目を向けず、自分の右側だけを見て、いきなり車を発進させた。

まさに車の前に出ようとしてたおれは、ギリのところで立ち止まった。

そこで向こうも気づき、同じくギリのところでキュルッと停まる。

おれはつい舌打ちし、車をつい睨《にら》んだ。

舌打ちは、聞かせようとしたわけではない。サイドウインドウは閉まってるから、実際、聞こえはしなかっただろう。睨みのほうも同じ。意図せずそんな感じになってしまった。そもそも余裕がなかったのだ。

おれは車の前をまわり、歩き去ろうとした。

何やら気配がしたので見ると。運転席側のサイドウインドウが下がった。

「すいません」となかからドライバーが言った。

初めてちゃんと見る。半袖の白いワイシャツを着てネクタイをした五十代ぐらいの男性だ。はっとして、すぐには声が出なかった。小さくうなずいて目を逸らし、そのまま歩きつづけた。

父と同世代の男性にいやな態度をとり、謝られた。やってしまった、と思った。一気に形勢逆転。恐縮した。いや、いいんですよ、と言いたくなった。そうじゃないんですよ、ちがうんですよ、と説明したくなった。

が。何がそうじゃないのか。何がちがうのか。何もそうじゃなくない。何もちがわない。おれは心のどこかで車が出てくることを望んでた。あぶねえな、と文句を言いたがってた。

いやなやつだ。認めるしかない。

傑、ちょっと変わったよね。という美令の言葉を思いだす。葛西臨海公園の鳥類園で言われたあの言葉だ。

おれは、確かにちょっと変わったのかもしれない。

あぶねえな、は口に出さなかったが、今度のこれは口に出す。

「どうすりゃいいんだよ」

いつもなら右に曲がるところで曲がらず、おれはまっすぐ進む。そして総武線の高架をくぐり、駅の向こうへ。

それから右に曲がり、居酒屋に入った。大規模展開はしてないチェーン店。行きつけではない。初めて入る店。そこにあることは知ってた。駅の反対側で、しかも少し離れたところにある。ここなら会社の人と会うこともないだろうと思った。

基本、仕事帰りに両国で飲んだりはしない。会社の人と仲が悪いわけではない。時間が合わないのだ。間瀬さんとでさえ、飲みに行ったことは一度もない。休みは重ならないし、退勤時間もちがうから、行きたくても行けないのだ。

酒は決して嫌いではない。でも店で一人で飲んだことはない。両国でも平井でも飲まない。飲むなら家に帰って缶ビールを飲む。

今日は無理。初めて仕事帰りに一人で店に寄った。

ごく普通の和風居酒屋。そう広くはないが、カウンター席とテーブル席と座敷席がある。お客の年齢層は高め。三十代から五十代くらい。それも初めから予想してた。むしろ同世代はいないだろうと思って、来たのだ。二十代のカップルやグループとは一緒になりたくなかった。積極的に避けたかった。

一人なので、カウンター席に案内された。一番奥。よかった。カウンター席なら、周りを見なくて済む。

飲んだことがないホッピーにちょっと惹かれたが、こんなときに冒険はせず、おとなしく生ビールを頼んだ。中ジョッキだ。

つまみは、冷やしトマトと山かけとベーコン炙《あぶ》り焼き。あと、メニューのカニクリームコロッケを見ておかずの田野倉のことを思いだし、それも追加。

で、飲み、食べた。

一人だと時間が経たないかと思ったが、そんなことはなかった。考えることはいくらでもあった。考えようとするまでもない。いくらでも出てきた。

まずはさっきの車のこと。さかのぼって、佐橋さんのこと。泉田さんのこと。大河のこと。若緒のこと。父母のこと。そして、自分のこと。

そう。久しぶりに自分のことを考えた。自分と向き合った、とかそんな大したことじゃない。単に過去を振り返っただけ。

三上傑。おれ。

残念ながら、おれは自分をいいやつだと思ったことはない。

と言いつつ。

誰かを責めるときは、無意識に自分をいいやつの側に置いてる。いいやつだとは思ってないと思おうとしてるだけで、心の底では自分をいいやつだと思ってるのかもしれない。だとしたら、最悪だ。

自分がそれほど好かれる人間でないことは、小学生のころからわかってた。そこまで意識してはいなかったが、わかってはいた。

それで思いだすのは、堀越紡《ほりこしつむぐ》のことだ。

紡とは、小学校が同じだった。

時々おもしろいことを言ってクラスを沸かせる紡のことがおれは好きだった。が、紡はおれのことが好きじゃなかった。

　四年生のときだったか。紡が自宅でお誕生会をやることになった。航輔同様、おれも呼ばれたはずだった。というか。やるようなことを紡自身に聞いたので、呼ばれた気になった。

　お誕生会の二、三日前。何人かでいるときに、行くからさ、と言ったら、え、来る？　と言われた。あれっ？　と一瞬思ったが、うん、と返したら、あ、じゃあ、と紡も言ったので、そのまま流してしまった。

　そして当日。おれはプレゼント用に買った漫画の単行本二冊を持って堀越家に行った。

　もちろん、人数には入ってたし、料理やケーキも食べさせてもらった。でも紡に歓迎されてない感じはした。部屋で遊んだときにほかの誰かとふざけて机の引出しを開けたら、やめろよ、とおれだけが言われた。とてもいやな顔をされた。

　それでようやく、あぁ、おれは嫌われてんのか、と気づいた。遅い。鈍いと言えば鈍い。でも小学生なんてそんなものだ。バカ男子とくればなおのこと。

　その何ヵ月か前。何人かと校庭を歩いてたとき。おれあいついやだよ、みたいなことを紡が言ってた。おれは後ろから追いつこうとしてたが、とどまった。あいつ、がおれを指すことが何となくわかったのだ。

　とはいえ、そこはやはり小学生バカ男子。さほど深刻には受け止めなかった。そんなのはよくあることだから。

　でもそのお誕生会のときに、あのときのあれは本気のやつだったんだ、と思った。そこでようやく、紡がお誕生会におれを呼ぶつもりはなかったことにも思い当たった。呼ばれたと勘ちがいしたおれが、行くからさ、と言ってしまったから、紡は呼ばざるを得なくなったのだ。

　そのあとの時間はさすがにつらかった。おれはなるべくしゃべらないように、動かないようにしてた。紡にまたいやな顔をされたくはなかったから。

　おれは本当に紡のことが好きだったし、特にケンカをしたこともなかったから、驚いた。こちらは好きなのに嫌われることもあるのだ、と初めて知った。

　それで紡を嫌いにはならなかったし、責める気にもならなかった。ただ、お誕生会のことで弁解はさせてもらいたかった。行くと勝手に決めたわけではなく、おれは呼ばれたと勘ちがいしただけなのだと。紡にいやな思いをさせる気などまったくなかったのだと。

　行くからさ、とおれが言ったとき、紡は驚いたことだろう。呼んでないのに来んの？と思ったことだろう。もう一人来たいって言うからさ、と泣く泣く母親にお願いしたことだろう。楽しい気分がそれで台なしになってしまったことだろう。

　今思い返してもいやになる。ゴールデンウィークのあの飲み会のような場があったら、おれは話をそれとなくそこへ持っていき、弁解したうえで謝るだろう。いや、でも。そんな飲み会があったとしても、紡はおれを呼ばないか。また呼ばれもしないのに行ったら逆効果になる。

実際、紡とは、小学生のとき以来会ってない。中学から、紡は私立に行ったのだ。頭がよくて家も裕福だったので、両親も本人も初めからそのつもりでいたのだろう。公立で傑と一緒になるのはいやだから、ということでは、まさかないと思う。よくも悪くも、おれはそこまで他人への影響力を持てるやつではない。

紡はもう江戸川区にもいない。高校生のころに渋谷《しぶや》区に転居したのだ。それは航輔から聞いた。おれが住む辺りにしては大きかった一戸建てを売り、タワーマンションに移ったという。

小学生時代の負の思い出。他人が聞けば、小さなことだと思うだろう。そのころのことをまだ引きずってんの？　と思いさえするかもしれない。

別に引きずってはいない。小さなことだとは、おれ自身思ってる。ただ、忘れはしない。こんなふうに、何かのときに思いだしたりはする。その手のことは誰にだってあるだろう。

気づいたら、おれは結構飲んでる。

お飲みものどうしましょう？　と店員に訊かれるたびに中生《なま》のお代わりを頼んだ。たぶん、五杯は飲んだ。中生とはいえ、五杯。キャパは超えてる。かなり酔ってる。

結局、店には三時間以上いた。一人で三時間超、はすごい。自分をほめてやりたくなる。ほめたうえで、バカかよ、とどやしつけたくなる。

ふらつく足どりでJR両国駅に向かう。横綱横丁《よこづなよこちょう》、という両国らしい細い通りを抜けて東口へ。

視線を前方の一点に集中する。それでも下の足はふらふらしてるのがわかる。ふらふらというよりはぐらぐらに近い。

これはマジでヤバいな、と思いながら改札を通る。そして階段を上る。若緒のように手すりをつかんで。

階段を上り下りするとき、若緒は必ず手すりをつかむ。下りるときだけではない。上るときもつかむ。右もしくは左。文字や矢印によって指定された側を上る。が、自分がそうしてたとしても、空いてるそちら側を逆走してくるやつもいるから、手すりをつかんでないとあぶないのだという。

若緒にその話を聞いてから、おれは駅の階段を逆行しなくなった。階段が空いていようがいまいが、おれ自身が急いでいようがいまいが、絶対にしなくなった。

ホームに出ると、二、三分待ってやって来た総武線の津田沼《つだぬま》行に乗る。

空席はない。あったとしても座らない。座るほうが気持ち悪い。だからドア付近に立ち、そこでも手すりをつかむ。揺れる吊革ではなく、揺れない手すり。がっちりつかむ。

明日も仕事。今日と同じ早番だ。マジでヤバい。確実にアルコールは残る。嗅ぎとられないよう、仕事中もマスクをするべきかもしれない。七月なのに。

というその前に。朝、ちゃんと起きられるのか。母がいないと、こんなときも困る。明日の朝起こしてと頼めない。

家に帰るのは、たぶん午後十一時近く。そのときにまだ寝てなかったら、若緒に頼むべきか。でなきゃ今のうちにＬＩＮＥで伝えておくべきか。でもそれもめんどくさい。スマホの画面を見たら、さらに気持ち悪くなりそうだ。

両国から平井はわずか三駅。錦糸町、亀戸《かめいど》、平井。七分。

だからだいじょうぶ。と思ったのだが。

不意に来た。一気に来た。亀戸を出て、次は平井。あと少し。ということで油断したのかもしれない。ムカムカが、まさに一気にこみ上げた。

平井駅でドアが開く。

素早く車両から出ると、おれは階段のほうへでなく、ホームの端へと向かう。新小岩《しんこいわ》寄りの端へ。小走りで。

端の端までは行けなかった。途中で力尽きた。おれはホームに両手両膝をつき、嘔吐《おうと》した。そこも一気。出るものはすべて出た。出しながら、ヤバい、マジか、マジなのか、と思った。

酔って吐くなんて、大学生のとき以来。こんなふうに駅のホームで吐くのは初めてだ。たまにそうしてる人を見て、あーあ、やっちゃってるよ、と思ってた。まさか自分がこうなるとは。

たぶん、乗ってきた電車が出てから吐いた形にはできたはず。車内からスマホで写真や動画を撮られたりはしてないだろう。ホームを汚すバカ発見！　とのタイトルを付けられたそれらがアップされることもないだろう。

出るものはすべて出したつもりが、そのあともまだ出た。二度、三度。三度めはほぼ胃液。それまでとはちがう酸《す》っぱさが口に広がる。

しかたないよな、と妙に納得する。人間は、臭いよ。それはそうだ。内側にはいつもこんなものを隠してるんだから。

背後から声をかけられた。

「だいじょうぶですか？」

顔を上げ、そちらをチラッと見る。制服姿。駅員だ。若い。

返事まではできない。四つん這《ば》いのこの状態で、だいじょうぶ、とは言えない。

駅員はやや間を置いて言う。

「立てますか？」

ちょっと待って、と言うつもりでおれは言う。

はなさそうだ。

ちょっと、を付けるのが面倒になったのだ。

息を吸い、息を吐く。それを何度かくり返す。気持ち悪さは続いてるが、もう出るもの
「待って」

いつまでもこうしてるわけにはいかない。おれはあらためて駅員を見る。思った以上に若い。二十代半ば。おれと同年輩。もしかしたら歳下かもしれない。照れ隠しの意味もあり、こんなことを言う。

「あー、気持ちわり」

駅員は何も言わない。無視したのではない。でしょうね、と微かにうなずく感じだ。

もう学生でもなさそうなのに、みっともないですよ。

そんなことを言われたらいやだな、と思う。一方では、言ってくんないかな、とも思う。言ってくれたら、おれも突っかかれる。

言われなかった。

残念、と一瞬思ってから、安堵する。

そして言う。

「すいません。汚しちゃって、申し訳ない」

駅員が言うのはこれだけだ。わずか二音。

「いえ」

うまいな、と思う。間瀬さんみたいだな、と。歳下だとしても親分だな、と。

八月　月

もう絶対に吐きません。少なくとも駅のホームでは。

そう誓った。誰に？　自分に。

自分に誓っただけだから、弱い。破るかもしれない。でもあんなことはおれ自身二度とごめんだからがんばりたい。酒に逃げるのは避けたい。

あれ以来、平井駅の改札をちょっと通りづらくなった。通るたびに、あの日のあいつだ、と思われてるような気がしてしまうのだ。だから通るときは駅事務室のほうを見ないようにする。行きも、帰りも。

で、今日もそれを守り、左側を少しも見ずに改札を出た。そしていつものように平井駅通りを歩いてると。若緒が前を歩いてることに気づいた。左足を引きずってるので、やはりすぐにわかるのだ。リクルートスーツ姿の若緒。今日はスカートではなく、パンツ。

追いつき、後ろから声をかけた。

「若緒」

若緒は振り向いて、言う。

「あぁ。今帰り？」

「うん。若緒は、遅いな」

「学校の図書館に寄ってきたから」

「電車、一緒だったのかな」

一緒だったら、たぶんこうはならない。歩くのが遅い若緒がおれの先を行くことはないはずだから。

言葉の意味をすぐに悟《さと》ったらしく、若緒は説明する。

「わたしのほうが早かったと思う。駅のタリーズでコーヒーを飲んできた」

「そういうことか」

「ちょっとまわって『羽鳥』に行ってもよかったんだけどね。この時間はやってないだろうし」

もう午後八時すぎ。そうだろう。

「と勝手に言っちゃったけど。あそこ、何時までやってるのかな。知ってる？」

「いや。そう言われると、知らないな。でも、六時ぐらいまで、なんだろうな」

「そのあとはお客さん、来なそうだしね」

「うん」

「別に決めてもいないのかもね。菊子さんの気分次第で閉めちゃう」

「あぁ。そうかも。儲けようとしてやってるわけでもないだろうからな」

家までは歩いて十五分。結構かかる。駅からは多方面にバスも出てる。でもちょうどいい路線はないのだ。バスは川辺までは来てくれない。

若緒と二人、信号を待って、通りを渡る。

徒歩十五分ではあるが、その先信号はない。ここからはもう住宅地なのだ。道は細い。一方通行路も多い。でもその一方通行路より細いのに一方通行ではない道もある。一方通行にすると住人が不便だからそうしてないのだと思う。

おれも若緒も通ってた中学校のわきを行く。高校生のときにおれがソフトテニスをする若緒を見たあの道だ。

もう夜だから校庭に人はいない。校舎の二、三の窓から明かりが洩れてるだけ。

別にそこで中学時代の思い出話をしたりはしない。おれと若緒は三歳差。同時期にいたことはないから同じ行事を経験してもいない。先生も、ともに知ってる人が何人かいた程度。おれの担任が若緒の担任にもなった、みたいなことはなかった。

ここまで歩いてみて、気づく。若緒の歩みは思ったほど遅くない。前回こんなふうに並んで歩いたのは、喫茶『羽鳥』に行ったとき。若緒の就活が始まった三月。

あのときはもうちょっと遅かったような気がする。近所の喫茶店に行くだけだからゆっくり歩いてた、ということなのか。

「少し、速くなった?」と直接訊いてしまう。

「ん?」

「歩くの」

「あぁ。そうかも。慣れたんだね、きっと。もうそんなにつらくもないし」

その言葉にドキッとする。若緒は、そんなに体の負担はない、という意味で言ったはずだが、おれは一瞬、そんなに気持ちの負担はない、という意味にとったのだ。

余計なこととは思いつつ、言ってしまう。

「おれがいるからって、急がなくていいからな」

「急いでないよ。家に帰るだけなんだから急がないよ」

中学を離れ、そのまま進む。突き当たりを左に曲がり、少し歩いて今度は右に曲がる。最短距離で行ければもうちょっと近いはずなのだが、区画の都合でどうしてもカクカク曲がることになる。日当たりの関係でそうなったのだろうとおれは勝手に思ってるが、ちがうかもしれない。

あとはまっすぐ行けば川沿いの道に出る。行く手には堤防が見えてる。

「キリ、わかる?」と若緒が言う。

「え?」

「トコロキリ」

「あぁ。所希梨さん」

成尾桃奈とは別に、若緒と仲がいい子だ。部はちがったはずだが、家は近い。やはりウチに泊まりに来たことがある。若緒が泊まりに行ったこともあるはずだ。おれも顔を知ってる。会えばあいさつする。立ち止まって話したりはしないが、こんにちはぐらいは言い合う。まず、向こうが言ってくれる。とても礼儀正しい子だ。

「希梨ね、特別区職員の試験に受かったんだって」

「公務員てこと？」

「そう。一次が筆記で二次が面接。何日か前に結果がわかったみたい」

「よかったじゃん。受かって、そのあとはどうなんの？」

「普通は、区ごとの面接を受ける。受かれば内定」

「へぇ」

「でもそれって向こうからの連絡待ちなんだって。もちろん、どの区がいいって希望は出せるんだけど、希望した区から連絡が来ないこともあるし、希望してない区から連絡が来ることもある。最初に受けた区がダメでも、ほかの区から連絡が来ることもあるみたい」

「そうなんだ」

「でも江戸川区は特別。希望するなら、受験申し込みのときにもう江戸川区を第一希望にしなきゃいけないの。で、試験自体に受かれば内定。独自採用方式っていうんだって。特別区のなかで、江戸川区だけがそうしてる」

「それは、何で？」

「江戸川区を目指してくれた人を採りたいっていうことみたい」

「あぁ。で、所さんは？」

「内定。江戸川区を希望したの。受ける前はどうするか迷ったらしいけど。江戸川区に骨を埋《うず》める覚悟を決めたって言ってた」

「そうか。マジでよかったじゃん」

「うん。よかった」

公務員試験なら若緒も受かってたのではないか。ふとそんなことを思う。よく聞く縁故《えんこ》採用みたいなものがあるのかは知らない。あるにしても。縁故がない人たちは皆横一線、となるような気がする。だったら若緒は受かりそうだ。

でもそれで受からなかったら。落胆はより大きいだろう。若緒自身の落胆もそうだが、おれの落胆もそうだ。

何にしても。所希梨が江戸川区の職員になってくれるというのはいい。妹の友だちが区の職員。おれ自身がさらに江戸川区を好きになる要素が増える。それは、いい。

こうなったら訊かないのは変だと思い、恐る恐る訊く。

「若緒は、どうなの?」

「手応えを感じてるところが、今、二社ある」

「マジで?」

「うん」

「どっちもIT?」

「そう」

「それは、いいじゃん」

「まだわかんないけどね。どっちも二次面接に進めたっていうだけだから。片方は、最終の前に三次もあるって話だし」

でも、手応えを感じてると自分で言えるのなら、実際にうまく進んでるということだろう。まだ半々だと思ってるときにそうは言わない。おれなら。

堤防が近づいてくる。そこを右に曲がって少し行けば、家だ。

「ねぇ」と若緒が言う。「もうちょっと歩く?」

「歩くって?」

「川をまわって帰ろうよ」

「何で?」

「久しぶりに、夜の川を見たくなった。夜の川というか、夜の河川敷か」

「暗いだけだよ」

「その暗さを見たい。女子一人では行けないじゃない」

「男子一人でもちょっとこわいよ」

「だから行こうよ」

「まあ、いいけど」

ということで、堤防に設けられた階段を上る。

その階段は狭い。一人ずつ用、という感じ。しかも三十段以上ある。それだけで堤防の高さがわかるというものだ。三上家の二階に上る階段は十四段。倍以上。

若緒を先に行かせようかと思ったが、おれが先に行く。この場合、若緒を先に行かせるのがレディーファーストではないだろう。高くてその向こうが見えない夜の階段で女性を先に行かせる。それはちがう。ただ。レディーファーストとか言っちゃってるおれ。誰？

車も通れる細い道に出てそこの横断歩道を渡り、短い階段を上る。上りきると、車は通れない道に出る。アスファルトというよりはコンクリートっぽい。道というよりはまさに堤防の頂部、なのかもしれない。

そこから向こうの階段を下りると、河川敷の道。昼は自転車が通ったり人や犬が散歩をしたりする道だ。

でも今は夜。さすがに人はいない。そして、暗い。

太い荒川の向こう岸には、首都高速中央環状線の高架が走ってる。そのすぐ先にある中川の向こう岸には、ビルなどの建物がある。だから光もある、が、遠い。その光はまさに点。それらがあることで、むしろ河川敷の暗さが際立つ。

といっても、この道にいるだけなら、真っ暗ではない。すぐ下の車が通る道には当然街灯があるし、三上家を含む住宅地の明かりも見えるから。

荒川に向かって、立つ。

河川敷の道に下りようとは、若緒も言わない。ここで充分らしい。歩く？　とはおれも言わない。そこから、暗い河川敷と、ほぼ真っ黒な荒川を見る。光を背にして闇を見る、みたいな感覚。

「暗いね」と若緒が言い、

「うん」とおれが言う。

「昼とは全然ちがうなぁ」

「そうだな」

「でもこっちも好き。わたしは、高いビルからの夜景とかよりこっちのほうがいいかな」

そのあたりは美令と同じだ。レインボーブリッジなんかにはあまりそそられない美令と。

「ただ、暑いよな」

「夏だからね。でもさ、こんなふうに広いだけで、暑さがちょっとは分散されてるような気がしない？」

「あぁ。それはする。風も吹いてくれるしな」

「湿度はすごいけどね。川のそばだからでもあるのかな」

「ありそうだな。川とか海とかの水って、常に蒸発してるんだろうから」

「何か、ヤバいよね」

「何が？」

「兄妹で夜の川を見てるって」

「帰りに寄っただけだからいいだろ。わざわざ見るために出てきたんならヤバいけど」

「何、その理屈」と若緒が笑う。

顔を見てなくても、笑ったことはわかる。たとえ真っ暗闇でも、それはわかるだろう。何故って、兄だから。おれらは三年兄妹ならぬ、二十二年兄妹だから。

迷う。ものすごく迷う。今を逃したら、もう話す機会はないような気がする。

「大河」とおれは言う。「のカノジョに会った」

「ん？　どういうこと？」

図書館で汐音と会ったことを若緒に話した。

閲覧室で声をかけられたこと。隣の児童遊園に場所を移してあれこれ話したこと。付き合おうと言ったのは汐音であったこと。おれもそれは知らなかったこと。そして。事故以降、大河が仕事面で停滞してること。

　話を聞くと、若緒は言った。

「そうなっちゃうよね。わたしが大河だとしても、なっちゃうと思う」

　これだと、そうなったのは若緒のせいという感じにもなってしまうので、おれは間を置かずに言う。

「でもそこは関係ないだろ。事故と仕事はまったく別のことだよ。大河も自分で言ってたみたいに、車の会社とか損保の会社とかで働いてたならわからないでもないけど」

「わたしは、わかるかな。仕事は仕事でプライベートはプライベート、みたいにうまく切り換えられはしないと思う。ほんとはそうできなきゃいけないんだろうけど。お兄ちゃんは、できてる？」

「どうだろう。うまく切り換えられてはいないかもしれないけど、仕事に目を向けることで多少は気が紛れたりもする。のかな。せめて仕事がうまくいってれば」

「いってればって。いってないの？」

「そういうことでもないけど」

「いってなそう」

「いや、いってるよ」と言ったあとに続ける。うそはよくないかと思って。「いや、いっ

ちに嫌われちゃってさ、という程度に。
　そしておれは泉田さんや佐橋さんのことを話す。あくまでも簡潔に。店のパートさんた
ちに嫌われちゃってさ、という程度に。
　意外にも、若緒は言う。
「それ、わかる。わたし去年、コンビニでアルバイトをしてたじゃない。郡さんに紹介し
てもらって」
　郡さん。章恵さん。郡くんのお母さんだ。前にそこでパートをしてたことがあるので、
若緒を店長さんに紹介してくれた。高校で郡くんの三者面談があるとかで、たまたま札幌
からこちらに帰ってたときに。
　あの事故のあと。アルバイトをすることで、若緒は懸命《けんめい》に立ち上がろうとしたのだ。今
しなくていいでしょ、と母は言った。でも若緒は、先の就活に備えていろいろ経験したい
から、と押しきった。
「コンビニのパートさんにも、難しい人は結構いたよ。味方でいるうちはいいけど敵にな
ると容赦しないっていうような人」
「若緒も、敵になったとか？」
「ううん。わたしはだいじょうぶだった。でもあぶなかったことは一度あったかな。仕事
のことで、それはやったほうがよくないですか？　みたいなことをわたしが言っちゃっ

て。大したことではなくて、軽い気持ちで言っただけなんだけど。その人には引っかかったらしくて」

「何歳ぐらいの人？」

「お母さんぐらいかな」

「そんなか」

「だからこそわたしなんかに言われて頭に来たのかも」

「で、どうなった？」

「そのあと、急に無視されるようになった」

「マジか」

「でも七子《なな こ》さんがうまくとりなしてくれて、たすかった」

七子さん。大下《おおした》七子さんだ。若緒が母に話すのを聞いてたから知ってる。バイトの師匠として、若緒はよく名前を出してたのだ。歳は四十代前半。明るい人らしい。たぶん、職場のムードメーカータイプの人だ。泉田さんもそのタイプではあるのだが。残念ながら、おれは敵にまわしてしまった。

「じゃあ、何ともなかったんだ？」

「うん。七子師匠のおかげ」

「師匠は、あの店でまだ働いてる？」

「働いてる。あの人は辞めないよ。だって、コンビニパートのために生まれてきたような人だもん。って、これ、いい意味ね。ほら、コンビニの仕事って、やることがいろいろあるでしょ？　七子さんはそれを全部うまくこなすの。スキルが高いなって感心した。ほんと、勉強になったよ。あの人なら、四十代の今からだってどんな会社ででも働けると思う。どんな会社も採るべき人材だと思う」

それは、ちょっとわかる。スーパーにもそういうパートさんはいる。泉田さんもそれに近い。スキルは高いのだ。だから間瀬さんからも信頼される。おれだって、その意味では信頼してる。

「でもお兄ちゃんも、結構苦労してるんだね」

「苦労ってほどじゃないよ」

妹に言われると、そんな気にもなる。実際、苦労というほどではない。どこにでもありそうな話だ。

「てっきり適当にやってるのかと思ってたよ。適当にというか、いい具合にうまくやってるのかと思ってた」

「やってないよ。おれはそんなふうに器用じゃない」

そう。器用じゃない。夜の駅のホームで吐いたりする。一人でそこまで酒を飲んでしまったりする。

夜の河川敷。少し目は慣れた。が、それでもやはり暗い。暗さというものが、そこにドーンと無造作に置かれた感じがある。昼には、明るさがドーンと無造作に置かれてる。時間帯によってこうも印象が変わるのかと、不思議な気分になる。

「ちょうどこんなだったよ」と若緒が言う。

「何が？」

「わたし。今見えるあの川みたいな感じ。どす黒い気持ちにも、ちょっとなった。いや、ちょっとでもないか」

あの事故のあと、ということだろう。

「今は？」

「たまになる」

なるのか。流れから、もうならない、という答を期待したのだが。

まあ、そんなはずはない。事故からはまだ一年半。ならないほうがおかしい。若緒はまだ二十二歳。この先だってわからない。ならなくなることは、ないのかもしれない。時間が経てば経ったで、よりそうなってしまう可能性もある。

「一度ね、そのどす黒い気持ちを文字にして書いたことがあるよ」

「書いた」

「ノートに」

「あぁ」

「もう、とにかく書き殴った。人にはとても見せられない感じのやつ。あとで読んでみたら、すごかった。罵詈雑言《ばりぞうごん》の嵐」

「そうなるよなぁ」と安易《あんい》に肯定《こうてい》したら。

若緒はこんなことも言う。

「でも、実際の気持ちとは少しちがうような気もした。その文字で書いた言葉に気持ちが引っぱられそうで、何か、いやだった。わたしに文才がなかっただけかもしれないけど」

「その文章に文才はいらないだろ」

「ただ、結果として、それでちょっと落ちつきはしたかな。どす黒い気持ちには今もたまになるけど、うまく抑えられるようにもなってきた。どうしようもなくなったらまた書くつもりではいるけど、書くところまではいかない。書くまでの距離は保てる。そんな感じ」

おれは何も言わない。言えることがない。強いな、と感心する。妹は、こんなに強かったのか。

「といって、どこかであっさり爆発したりするかもしれないけどね」

そんな不穏《ふおん》なことを言って、若緒は笑う。

おれも川を見てるので若緒の顔は見えないが、やはり笑ったのだとわかる。不穏、が笑みで消される。

「そうなったら、あぁ、抑え損なったんだな、と思ってね」

その言葉を聞き、まさに何とも言えない気分になる。本当にどう言っていいかわからない。素直にこう言ってしまう。

「思うよ」

言ってから、心のなかで舌打ちする。バカなのかよ、兄。

「それにしてもさ」と若緒。

「ん?」とおれ。

「長いね。お母さん」

「あぁ。長いな」


十日後。若緒に内定が出た。

そこはすんなり。早かった。

三次面接があるのではないほうの会社だ。二次面接に通り、最終面接の連絡が来て、すぐに面接して、合格。内定。

おれもそうだった。内定が出るときはそんなものなのだ。一次、二次、最終、と学生の数はどんどん減っていき、スパンも短くなる。

　グルメサイトだの旅行サイトだのを運営してる会社。決まってみれば、おれでも名前を知ってる大手。やはり若緒はすごい。優秀。

　ＩＴ会社。本当によかった。そこならあまり動かなくていいだろうし、人前に出ることもそんなにはないだろう。

「電話でお母さんに伝えたよ」と若緒はおれに言った。

「何て言ってた？」

「やったね、おめでとうって」

　でもそれだけ。母は、帰ってくるとは言わなかった。若緒も、帰ってきてとは言わなかった。いや、言うには言ったが。強くは言わなかったらしい。

　妹が内定をもらったのに、兄は会社を辞める。そうなったら微妙だなぁ。

　そんなことを考えた。あくまでも考えただけ。でもこのところ考える頻度は上がってる。少なくとも三年は働かないとキャリアにはならないという。だから三年はいるべきかなぁ、といくらか具体的なことを考えるようにもなってる。休みの日なんかは、特に。

　今日もそう。河川敷の道をぶらぶら歩きながら考えるべく、家を出る。若緒と見た夜の川ではなく、昼の川。明るい昼の荒川を目指す。

　で、隣の郡家をふと見ると。空の車庫に郡くんがいる。

「あ、三上さん」

「あぁ、こんちわ」

郡くんは車庫に置いた自転車のわきにしゃがんでる。何かしてる。

「まだ暑いね」

「暑いですね。九月に入ってもまちがいなく暑いんだから、夏休みをもっと長くしてほしいですよ」

「あるだけうらやましいよ、夏休み」

「今日は、休みですか?」

「そう」

「三上さん。チャリのパンク修理って、自分でやったことあります?」

「タイヤ?」

「はい」

「あるよ」

「ほんとですか?」

「うん」

「じゃあ、ちょっと教えてもらってもいいですか?」

「いいよ」

スタート直後に方向転換。川へは向かわず、郡家の車庫へ。

自転車は、ロードバイクとかマウンテンバイクとか、その類ではない。まさに通学用といった感じ。自転車屋だけでなく大型スーパーなんかでも売られてそうなそれだ。

郡くんが説明する。

「パンク修理セットを買ったんですけど、初めてだからよくわかんなくて。やろうやろうと思ってるうちに時間も経っちゃって」

「チャリンコ通学じゃないもんね」

「はい」

「おれはチャリ通だったから、高校生のときに何度かやったよ。自転車屋に出すより自分でやったほうが早いし、安いし」

「一週間くらい前、久しぶりに乗ろうと思ったら、タイヤがペチャンコになってたんですよ。夜だったんで自転車屋も閉まってて。次の日に引いて持ってくのも何かダルくて。ほかに買うものもあったから、ついでに通販で修理セットを買いました。そしたら今度は修理するのがダルいという」

「わかるよ。おれも高校生のころはそうだった。ほぼすべてがダルかった」

パンク修理は、覚えてしまえば簡単だ。自転車のホイールを外す必要もない。慣れれば早くできるようにもなる。

タイヤからチューブを取り外す↓バケツの水にチューブを入れ、気泡が出てくる箇所、つまりパンクしてる箇所を見つける↓その表面を紙ヤスリで削ってゴムのりを塗る↓そこにパッチを貼る↓チューブをタイヤに戻す。

と、そんな流れだ。

そういえば、高校生のときに大河の自転車のパンク修理もしたことがある。傑、自分で直してたよな？　と大河がウチに自転車を持ってきたのだ。すぐに修理してやると、あとでハンバーガーをおごってくれた。

大学生のときは、大河の母親の自転車のパンク修理まで頼まれた。その母親は、あとで図書カードをくれた。確か二千円分。自転車屋に修理を頼んでもそこまではとられない。逆に損をさせてしまったと恐縮した。

自分でやったほうが今後のためにもなるということで、郡くんに手順を教える。チューブを取り外しただけで、グロい、人間の腸《ちょう》みたい、と郡くんは声を上げた。

おれは指導しつつ、こんなことを訊く。

「車、もうしばらくないけど、お父さんが北海道に持っていったの？」

「いえ。ちょうど車検が近いとかで、手放しちゃいました。向こうで中古を買ったらしいです。札幌まで車で行くのもしんどかったみたいで」

「そうか。そうだよなぁ。札幌までは、しんどい」

「社員だから、飛行機の割引もありますしね。転勤で最初に行くときは、もちろんタダでしょうし」

「あぁ」

何にしても。すごい。高校生で一人暮らし。それをする郡くんもすごいが、それをさせる両親もすごい。郡くんは三年生。受験生なのだ。

でも郡くんを見てると、ちょっとわかるような気もする。何というか、だいじょうぶな人なのだ、郡くんは。何だろう。まじめ一本槍ということではなくて。人としてのバランスがいい。軽やかな感じがする。

「受験勉強はしてる？」と尋ねてみる。

「それなりに、ですかね。遅れ気味ではありますよ」

「予備校とかは行ってるの？　夏期講習とか」

「行ってないです。ぼくはそういうの、ダメなんですよ」

「そういうの？」

「塾とか予備校とか。行ってもどうせ授業は聞かないです。普段からそうだし。だから学校も、ほんとは行かなくていいと思ってますよ。別に学校自体に意味がないとかいうことではなくて。勉強って、自分でやらないとダメじゃないですか。読書みたいに自分で言葉を拾いにいくというか。授業を聞いただけで全部頭に入るなんてことは、ないですよね？」

「まあ、確かに」

「東大クラスの人ならそれができるのかもしれないですけど」

「お父さんだ」

「はい」

郡くんの父親。時郎さん。東大出なのだ。

「でもぼくはそこまでじゃないし。せめて無駄はなくしたいですよ。だからその意味では母親も札幌に行ってくれてよかったです」

「どういうこと？」

「こっちにいたら、やっぱり予備校に行けとか言うかもしれないから。ぼくが今みたいなことを説明しても、予備校に行くのがめんどくさいだけだと思っちゃうだろうし。実際、めんどくさいんですけど」

「郡くんはちゃんとやるとわかってるから行ったんじゃないの？　札幌に」

「そうならいいですけど」そして郡くんは言う。「あ、出ました。泡」

「うん。そこだね。パンク」

続いては、紙ヤスリがけにゴムのり塗り。

やりながら、今度は郡くんが言う。

「そういえば、江藤さん、消防の試験に受かったらしいですね」

「そうなの？」

「聞いてないですか？」

「会ってないからね」

「ぼくが言っちゃってよかったのかな」

「それはいいでしょ」

「ですよね。隠すことでもないし」

「すごいね。受かるんだ。まあ、江藤くんなら受かるか」

「ぼくが言うのも何ですけど。ちょっと話せばわかりますもんね、ちゃんとした人だってことが」

「わかるね。頼りにもなりそうだし。江藤くんが受からなかったら誰が受かるんだって感じだよね。って言えるほど江藤くんを知ってるわけでもないけど」

「でも、わかりますよね」

「わかる。江藤くんを落としちゃダメ。それは日本の、というか東京都の損失」

「おぉ。そこまで」と郡くんが笑う。「確かに、江藤さんなら、東京都の火とか全部消せそうですよね」

「消せそうだね。走って火事の現場まで行きそうだよ」

「この辺の消防署の勤務になってほしいですよ。江藤さんがいると思ったら安心できるし。ここから離れたとこの勤務になったら、寮とかに入るんですかね」

「そうかもね」

「そしたら、筧ハイツは出ちゃうんですね。まあ、しかたないのか。アパートってそういうものですもんね。仮の住まいというか、次へのつなぎというか」

「うん」

「実際、動いてますしね。ぼくが知ってる筧ハイツの人たちは」

「そんなに何人も知ってるの？」

「いえ、あと一人です。その人、たぶん三上さんと同じ大学ですよ。通ってた場所も同じだから、学部も同じかも。経済学部ですよ」

「おれは法学部だよ。政治経済学科だけど、学部は法学部。でも経済学部と場所はほぼ同じ。校舎はちがうけど」

郡くんはその人のことも話してくれた。

筧ハイツのA棟、ワンルームに住む井川幹太《いがわかんた》さん。今年二十八歳。おれより三歳上。だから大学で一年重なってる。おれが一年生のときの四年生だ。もしかしたら学校の近くですれちがったり、同じ電車で平井に帰ってきたりしてたのかもしれない。

「井川さん、ぼくの母親が昔パートをしてた店で、三月までアルバイトをしてたんですよ。若緒さんもやったあの店です」

「へぇ」

それは知らなかった。まあ、若緒も言わないか。アルバイトの同僚の誰々がそこのアパートに住んでるよ、なんて。六歳差の異性。どこに住んでるかは知らなかった可能性もある。

「今は何してるの？　その井川さん」

「駅の向こうの製パン会社に勤めてます」

「製パン会社、あるんだ？」

「はい。そこには店もあって、パンを売ってますよ。おいしいらしいです。井川さんに聞くまではぼくも知りませんでした。駅の向こうのことは、意外と知らないんですよね」

「知らないね。おれも二十五年住んでるけど、知らないよ」

「それが、さっき言った動きです。といっても、アパートにはいるから、厳密には動いてないんですけど。井川さん、今年そこに就職したんですよ。これはあとで知ったんですけど、初めは大手の製パン会社にいたらしいです。でもそこは辞めて。営業とかじゃなくてパンをつくってる今のほうが楽しいと言ってました。大事ですよね、それ」

「そう、だね」

「そりゃお金を稼ぐために人は働くんでしょうけど。お金のためだけじゃきついですよ。

ぼくなら続かないと思います。って、これ、大甘ですか？」

「いや、そんなことないと思うよ」

そんなことはない。今のおれはわかる。痛いほどわかる。楽しさは大事だ。とても。

楽しくないこともあるからこそ、楽しくやる努力をするべきなのだろう。仕事は楽しむためにやるものではない。それはそう。でも楽しくやれるなら、それに越したことはない。

「郡くんなら、ある程度自分のやりたいことをやれるでしょ。いい高校に行ってるから、いい大学にも行くだろうし」

「それはわかんないですよ。学校の成績はそんなによくないんで」

「もとがいいからだいじょうぶだよ。こうやって話してるだけでわかる。郡くんは、おれなんかとはものがちがう」

「ぼくの父親が東大出だと三上さんは知ってるからそう感じるだけですよ」

そんなことを言いながら、郡くんがパンク箇所にパッチを貼る。そしてチューブをタイヤに戻す。

結局、初めに一度教えただけ。郡くんが何度もあれこれ訊いてくることはなかった。

やはりおれとはちがう。頭がいい。仕組さえ理解すれば、あとは自分でやれてしまうのだ。今だって、実はおれがいなくてもすべてやれただろう。郡くんはおれを見かけたから声をかけてくれただけなのだ。たぶん。

「よし。これで空気を入れたら完了ですね」

「うん」

郡くんが空気入れでタイヤの空気を入れにかかる。

ふと思いだしたので、訊いてみる。

「郡くんはさ、昔サッカーをやってたよね？」

「やってましたね。中学まで」

「リバーベッドＳＣ」

「はい。直訳すると、河川敷サッカークラブ。小学生のときはそこにいました」

「おれの知り合いも、そこでやってたよ」

「そうですか。何て人ですか？」

「えーと、城山」

「え？　もしかして、大河さんですか？」

「知ってんの？」

「知ってますよ」

「歳、かなりちがうよね。小学校でも、重なってないでしょ」

おれと郡くんは七歳ちがい。中学や高校はもちろん、六年ある小学校でも重ならない。

「OBとして、コーチに来てくれてましたから」

「あぁ。そうなの」

「はい。大河さんが大学生のとき、なんですかね。ぼくが小六だったから」

郡くんが小学六年生なら、大河は大学一年生。ありそうだ。

「コーチはみんなボランティアなんですけど、そのころはほんとに少なかったんですよ。だから、大学生になったってことで、監督か誰かに頼まれたんじゃなかったかな。来てくれって。大河さん、ウチら選手から人気がありましたよ。サッカーうまかったし、カッコよかったから」

そうなるだろう。大河は本当にサッカーがうまかったし、カッコよかったから。

「こないだ、ぼくも久しぶりに練習を見ましたよ。川の上流のほうに走りに行っただけなんですけど。サッカー場でたまたまやってたんで、立ち止まって眺めてたら、顔見知りのコーチに声をかけられちゃって」

「顔見知りなんだ？」

「ぼくも驚きました。郡じゃないか？　って言われて、よく気づいたなと思いましたよ。で、久しぶりにちょっと蹴ってけ、とも言われて」

「蹴ったの？」

「はい。日曜だったから、そのときもやっぱり大学生コーチがいました。クニサキミズヤさんていう人で、ぼくも名前を知ってました。会ったのは初めてですけど」

国崎瑞哉さん、だという。駅の向こう側に住んでるそうだ。だからおれや郡くんとは小学校も中学校も別。

「国崎さんはぼくより四歳上ですけど、小学生のときから知ってました。その代にすごくうまい人がいたと聞いてたんで。将来はプロになれるんじゃないかと思われてたらしいです」

「へぇ。そこまでか。大学でもサッカーをやってるの？」

「いえ。高校まででやめたらしいです。たまにはボールを蹴りたいから来てると言ってました。大学四年で就職も決まったから、よく来てるみたいです。就職先は印刷会社。大手らしいですよ」

「そうか。まあ、プロになれる人なんて、ひと握りだからね」

「大学でスポーツをやるのですら、大変そうですもんね」

「うん」

大変そうだ。お遊びフットサルのようにはいかないだろう。

空気を入れたタイヤの硬さを郡くんがチェックする。

それはおれもチェックし、言う。

「オーケー。完璧」

「あ、そうそう」と郡くん。「免許をとったからっていうんで、一度、大河さんの車に乗せてもらったこともありますよ」

「ほんとに?」

「はい。よそで試合をするときの送り迎えはコーチか選手の親たちがやるんですけど、やっぱり人が足りなかったのか、大河さんもやってくれてました」

「免許とりたてってことだよね?」

「そう言ってましたね。だから、コーチが持ってるワゴン車を運転するとかじゃなく、選手の親たちみたいに自分の家の車を出してましたよ。慣れた車のほうがいいってことで。コーチからも、無理な運転をしないよう言われてました」

「無理な運転、してなかった?」と冗談めかして言う。

「そこまでは覚えてないですけど。覚えてないんだからしてなかったでしょうね。普通だったと思います」

若葉マークを付ける期間なのだから、さすがに無理な運転はしなかっただろう。子どもたちを乗せるというならなおさらだ。

そこでおれは考える。

子どもたちを乗せるときは慎重に運転するのに、カノジョを乗せるときは慎重に運転しないのか? 大河が。

おれを乗せてたときは、おれだから気をゆるめてただけ。だからちょっと荒い運転をしただけ。そういうことではないのか？　若緒を乗せてたときも、そこまで無理な運転はしてなかったのではないのか？

事実、若緒が大河の運転は荒かったと言ったことはない。それは、カレシをかばったからではなく、そう感じなかったからではないのか？　運転が少しは荒くなったとしても。大河にとってはカノジョの若緒も身近な存在になったから、友だちのおれを乗せたときと同じように気をゆるめてしまっただけではないのか？

今の郡くんの話を聞いてもわかる。理解できる。君はOBだからと少年サッカーのコーチを頼まれる。引き受ける。ほかならぬ大河だから、引き受けたのだ。

大学一年生。免許もとり、遊びたい盛りも盛り。遊びたい相手は小学生ではない。おれなら、めんどくさいから、適当な理由をつけて断ってただろう。でも大河は断らなかった。そこで断るやつではない。ちゃんと周りも見られるやつなのだ。ちゃんと守備もできるフォワードなのだ。

郡くんは、若緒のことも知ってる。あくまでも、隣に住むお姉ちゃんとして。大河との関係は知らないだろう。若緒が左足を引きずるようになった事故のことは、知ってるのか。父か母が、郡くんやその両親に話したのかどうか。わざわざ話しては、いないだろう。

おれも自分からは言わない。でも郡くんに訊かれたら話してもいい。郡くんが大河のことも知ってるとなると、どこまで話すかは微妙だが。

おれが話したら、どうしても大河の悪口を言う感じになってしまうかもしれない。それはいやだな、と思う。それをいやだと思ったことを、ちょっと意外に思う。

「郡くんさ、パンクが直ったことを確かめるためにも、河川敷を走ろうか」

「そうします？」

「うん。おれも久しぶりにチャリに乗りたくなった。江藤くんと郡くんみたいに自分で走るのはきついけど、チャリならいいかな」

と、そんなことを言う自分にも驚く。

江藤くんに郡くん。歳下がそう苦手でもなくなったような気が、しないでもない。

「じゃあ、おれもチャリを出してくるよ」

「はい」

郡家の車庫を出て、隣の三上家へ。

ふと見上げた空に、何かが浮かんでる。白いが、雲ではない。丸い。というか、楕円《だえん》。月だ。

あぁ、そういえば、と思う。昼にも月は出るんだな。

葛西臨海公園の次は新宿だ。いつもの新宿。今回もまた美令が誘ってくれた。

あのあともLINEでの日常的なやりとりは続けてた。おれも誘おうと思ってはいたのだが、誘わなかった。若緒の内定も出たからもういいだろう、とも思ったのに踏みきれなかった。そうなったらなったで、だから誘うのも変だよな、と思ってしまった。

〈かばんを買いたいから付き合って〉

美令にLINEでそう言われた。ブランドもののバッグではない。通勤用のかばん。映画を観るとか、美術館に行くとか、そういうのでないとこがよかった。目的がないわけではないが、その目的が小さい。かまえなくていい。

新宿の東口側で会うときのいつもの待ち合わせ場所、グッチの隣にあるみずほ銀行の角、で合流した。

伊勢丹《いせたん》も見た。かばんの専門店も見た。でも結局美令は無印良品《むじるしりょうひん》で買うことにした。シンプルなグレーのリュックサック。

「通勤用、だよね？」

そう言ったら、こう言った。

「うん。通勤用。営業の外まわりなんかもこれで行くよ。わたし、担当するお店の人たちにリュックの福地さんて言われてるみたい」

「お金、おれが払うよ」

「何でよ」

「いや、えーと、安いから」

「そんな理由？」と言い、美令はこう続けた。「じゃあ、このあとの飲み代を出して。そのほうが、たぶんリュックよりは高いから。わたし、得」

美令がそれでいいならということで、そうした。

新宿には無数の居酒屋がある。個人店。チェーン店。まさに無数。実際に何軒あるのか、見当もつかない。これまで同じ店に行ったことは一度もない。いつも新宿だから店はちがうとこにしよう、となるのだ。

これが平井みたいな町ならちがってくる。おれはいつも同じ店に行く。そのほうが落ちつける。でも新宿では、落ちつこうという気にならないのだ。初めから、どうせ落ちつけないと思ってしまう。不思議といえば不思議。

無印良品にも近い新宿三丁目の焼鳥屋に入った。チェーン店ではない。個人店。いや、でもわからない。最近は個人店ふうのチェーン店も多いから。

新宿でも、銀座《ぎんざ》や日本橋《にほんばし》のように日曜を定休日にしてる店もある。でもそこはやってた。で、空いてた。おれらは中ほどのカウンター席に案内された。激安チェーン店のそれにくらべれば、スペースにゆとりがある。イスには背もたれもある。シートも硬くない。

今日は日曜。久しぶりの日曜休みだ。二ヵ月に一度ぐらいはそうなることもある。

昨日、土曜の夜に、美令からＬＩＮＥのメッセージが来た。

〈今度いつ休み？〉

〈明日〉と返した。

〈日曜じゃん〉

〈でも休み〉

〈わたしも〉

そしてかばんの話が出た。

やりとりの最後はこう。

〈かばんを買って、早めに飲も。早めにスタートして早めに終わる。日曜の夜飲み。お店も空いてる。贅沢《ぜいたく》〉

日曜の夜に美令と飲んだことは何度もある。ともに月曜が休みなら、日曜の夜に新宿で待ち合わせをして飲むのだ。そして阿佐ケ谷の美令のアパートに行く。そしてなるようになる。そこはカレシカノジョだから、当然なる。明日はともに仕事なので、今日はならないが。まず、アパートに行かないが。

焼鳥のコースもあるようだが、それは頼まず、単品でいくことにした。どちらかが好きなものを二本ずつ頼み、どちらもが食べる、という形だ。

おれはねぎまやつくねが好きで、美令はタンやハツが好き。

「普通、逆だよね」と美令が言う。「男がタンとハツで、女がねぎまとつくねでしょ」

「そんなことないだろ。じゃあ、レバーはどっち?」

「男」

「皮は?」

「男」

「軟骨は?」

「うーん。男」

「じゃ、女は何よ」

「手羽先かな」

「いや、手羽先は男でしょ。手が汚れるし」

「でも、ほら、コラーゲンがとれるって言うから。女はコラーゲンに弱い」

と、そんなようなことを話した。

おれは二杯めも中生。美令の二杯めは梅酒のソーダ割り。それを飲んでるときに美令が言う。

「今度はさ、水族園、行こうね」

「ん?」

「大観覧車も乗ろう」

「あぁ」

「葛西の」

六月のあのときは鳥類園を歩いただけ。結局、水族園には行かなかったし、大観覧車にも乗らなかった。

公園を出てからもしばらく歩き、通り沿いにあるファミレスに入った。食べたのはハンバーグ。まだ早い時間だったので、酒はなし。そして変なタイミングで解散した。まさに解散。カレシとカノジョにはふさわしくない言葉だ。

「キスはしなくてもいいから、観覧車には乗ろうよ」

そう続け、美令は笑う。

「うん」とおれも素直に返す。

観覧車に乗ったらキスをするカップルって、マジで何パーセントいるのかな、と思う。イメージが先行してるだけで、実はそんなにいないだろう。せいぜい十パーセント。いや、十パーセントいれば、多いのか。

あとから頼んだもつ煮込みを、分け合って食べる。梅酒のソーダ割りを飲んで、美令がいきなり言う。

「わたしのお父さん、逮捕歴があるよ」

「え？」

「昔、逮捕されたことがある」

「何、どういうこと？」

美令は説明した。

二十代のころ、居酒屋で居合わせた者たちとケンカになり、警察を呼ばれるほどの騒ぎを起こしてしまったという。双方がグループだったため、歯止めは利かず、結構な乱闘になった。逮捕までいったのだから相当だろう。

「だから会社も辞めたの」

「クビってこと？」

「それに近かったのかな。いられないでしょ、警察沙汰《ざた》になったら」

「で？」

「転職」

「それは、できたんだ」

「どうにか」

「二十代っていうと、結婚はしてたの？」

「まだ。そのあとにお母さんと知り合って結婚する」

「お母さんも、そのことは知ってるんだよね？」

「うん。付き合ってすぐにではないけど、結婚する前にお父さんが打ち明けたの。武勇伝みたいな感じにではなく。そんなの、武勇伝でも何でもないけど」

「お母さんは、何て?」

「もう絶対にしないでって」

「そうか」

「お父さんもよく話したなぁ、と思うけど。ずっと話さない人だって、いそうだよね。話さなきゃいけないことでもないから」

「まあ、そうかも」

起訴はされてないようだから、前科はついてない。起訴されて有罪判決が確定。そうなって初めて前科がつくのだ。一応、法学部卒なので、そのくらいのことは知ってる。

「お酒と集団」と美令が言う。「その二つが合わさったのがよくなかったんだね」

「お父さん、今、お酒は?」

「飲むよ。でも量はそんなでもないかな。飲んだところで悪酔いもしない。ほんとに、ただ若かっただけなんだと思う」

ただ若かった。わかる。おれだって、あぶなかったのかもしれない。両国で一人で飲んだあのとき。隣の人がうるさかったら文句を言ったりしてたかもしれない。

「美令は、どうやってそれを知ったの?」

「お父さんが話してくれた」

「それも、武勇伝ぽくじゃなく？」

「ぽくじゃなく。お酒を飲んだからその勢いで言った、みたいなことではなかったよ。結構あらたまった感じで言われた」

難しいところだが。娘には言わなくてもいいのではないだろうか。

「何らかの形で他人の口からわたしの耳に入ったらいやだと思ったんだって。わたしが聞いたら、お父さんは隠してたんだと思っちゃうだろうから」

それは、わかるような気もする。

「お父さんが言ったのは、いつ？」

「わたしが高校生になったとき」

「聞いて、どう思った？」

「うそでしょ？　って。でもわたしが生まれる前のことだから、あまりぴんとは来なかった。中学生のときに聞かされてたら、ちょっとこたえたかもしれないけど。普通されないもんね、逮捕」

されない。普通に生きてれば、されない。普通に生きてても事故には遭うが。

「それは、お母さんが決めたみたい」

「どういうこと？」

「わたしが中学生のときに一度お父さんが言おうとしたんだけど、もう少し待ってってお母さんが言ったの。今の美令にはまだ早いって」

「あぁ」

「お母さん、ナイス判断」

締めに頼んだ焼きおにぎりを食べる。付いてきたたくあんも食べる。話にそぐわないぽりぽりいう音が鳴る。

「でも何でそれを、おれに？」

「わたしも傑に隠してたみたいになっちゃうから」

「それは、隠してもいいような。もちろん、言ってくれてもいいけど」

「逮捕歴がある男の娘」

「ん？」

「わたしのこと、そう思った？」

「いや、まさか。思わないよ」

思わないが。話は見えない。おれに隠したくないのはわかる。が、何故今それを言うのか。

美令も焼きおにぎりを食べる。おれとはちがい、かぶりつかない。そこは女子。小さくちぎって食べる。普通のおにぎりなら難しいが、焼きおにぎりなら可能。

今日は二杯でいいかな、と思う。両国でのあのときは五杯。同じ中生でも、ジョッキはここより大きかった。で、あんなことになった。翌日はひどい二日酔い。マスクはしてたが、間瀬さんにはバレた。パートさんにもバレてただろう。しゃべってもらえないわけだから、指摘されもしなかったが。

「結局、傑は自分を許せてないんでしょ」

「え?」

「それとも。自分は許して、大河くんのことは許せない?」

「いや、何それ」

「大河くんを許せなきゃ、自分のことも許せないと思うよ」

おれはビールを飲む。二杯めは残りわずか。やはり三杯めを頼みたくなる。が、我慢する。酒には逃げるまいと誓ったから。いや、あれは、駅のホームでは吐かないと誓ったのだったか。

「ごめん。ちょっと酔った」と美令が言う。「忘れて」

「忘れないよ」

「わたしのお父さんの逮捕歴のことは覚えてていいから、今言ったことは忘れて」

「じゃあ、忘れるよ」と言いはしたが、忘れない。まちがいなく、忘れられない。

一度の過《あやま》ちを許せない? 過ちを犯した人はもう身内ではない? たぶん、おれは美令にそう問われてる。

おれが思ってる以上に美令はおれのことを見てくれてるんだな。心配してくれてるんだな。そんなことを思う。参った。おれも酔ってる。今日は二杯なのに。

早めにスタートして早めに終わる。ということで、おれらは早めに席を立った。

飲み代は、予定どおりおれが払った。

「ほんとにリュック代より高くなっちゃったから差額は出すよ」と美令。

「いいよ」とおれ。

店から外に出る。

おれは何となく空を見上げる。荒川の河川敷とちがって狭い空。多くのビルに縁どられた新宿三丁目の空だ。やはり何となく、そこに月を探す。ない。

そうか、と思う。昼にも出るってことは、夜に出ないこともあるんだな。

九月　川

普段、自分から母に電話をかけることはあまりない。よく考えたら、ここ一年はかけてないかもしれない。かける必要がないのだ。一緒に住んでるから。いや、住んでたから。晩ご飯はいらない、みたいな連絡はいつもＬＩＮＥでしてたし。

だから、いざかける際はやけに緊張した。家にいる母にかけるのではない。よそにいる母にかけるのだ。三上春というよりは、栗林春っぽい母に。

もし出なかったらどうしよう。さすがに息子からの着信を拒否することはないだろうが、単に出られないことはあり得る。かけてきたのがおれだということはわかるはずだから、留守電を残さずに切っちゃうか。折り返しがほしい、もしくは、またかける、と残すか。

いやいや。たかが電話。家族相手にそこまでプランを練らなくていいだろ。

そう思い、かけた。内定が出たことを伝えるために若緒もかけたんだから、おれもかけるべきだろ、とも思って。

　母はすぐに出た。

「もしもし」

「あ、もしもし。おれおれ」と何故か早口で言う。「って、何か詐欺師の電話みたいだけど、ほんとにおれだから」

「わかるわよ、声で。画面にも傑と出たし」

「でもさ、一応、疑ったほうがいいよ。おれのスマホを盗んだ誰かがかけてきたりするかもしれないから」

「何よ、それ」母は少し笑って言う。「じゃあ、これは、お金をどこそこへ振り込めっていう電話なの？」

　まさかの母ジョークにややとまどい、言う。

「ちがうけど」

「だったらいいでしょ。お母さん、そんなにお金持ってないし」

　それはそれで気になる。訊いてしまう。

「そうなの？」

「持ってないわよ。ウチはそんなお金持ちじゃないでしょ」

「あぁ。そういうことか」

「何、お金持ちだと思った？」

「思わないけど」

そうではなくて。今家を出てる身としてお母さんはそんなにお金を持ってない、という意味かと思ったのだ。

「それで、何？　どうしたの？」

「あぁ。あの」

自分から電話をかけておきながら、何を言うべきかわからない。いいや、言っちゃえ、と思い、言う。

「まだ帰らないの？」

「そうね」と母はあっさり言う。でもその先は続かない。

ここで間を置きたくない。おれは無理に言う。

「そっちは、どう？」

「どうって？」

「えーと、まだ暑い？」

「もう暑くはないかな。東京よりずっと気温は低いと思う」

そうなのだ。京都府は西なのであまりその印象はないが。実は寒い。日本海側の宮津市は豪雪地帯。特別豪雪地帯ではないが、雪はかなり降る。だからおれも冬に行ったことはない。

「九月だから、まだそこまでではないけどね」

「そうか」

「そっちは、どう?」と母がおれと同じことを言う。「ご飯、ちゃんと食べてる?」

「それは、うん。つくれるときは若緒がつくってくれるし。といっても、簡単なものだけど。パスタとか、オムライスとか」

「オムライスはそう簡単でもないわよ。卵でご飯をうまく包むのは難しい」

「若緒もそう言ってた。だから包むんじゃなく、あと載せみたいになっちゃうって」

「どうだった?　上手だった?　お母さん、それは教えた記憶がないけど」

「確かにあとから載っけた感じではあったかな」

「味は?」

「まあ、おいしかったよ」

「まあ、なの?」

「いや。おいしかった」

「じゃあ、お母さんも今度つくってもらおうかな」

「うん。若緒もやっぱりそう言ってたよ。今度お母さんにつくるって。オムライス勝負だって」

「勝負はしないわよ。お母さん、勝っちゃうし」

「それも言ってた。わたしの惨敗《ざんぱい》になりそうだって」

「つくれる時点で惨敗ではないけどね」

そこでようやく自分が言うべきことを思いつく。こう尋ねる。

「おじいちゃんは？」

「元気。だいじょうぶ」

「そうなんだ」

「初めはちょっと心配したけど。お医者さんも、無理をしなければどうということはないって」

「ならよかった」

「でも、もう八十一だからね」

「若いよね、見た目は」

「傑、もう何年も会ってないじゃない」

「そうだけど。昔からいつも思ってたよ。若くない？」

「お母さんは、老けたなぁって思う。でもその歳のほかの人たちとくらべたら、若いのかもね」

「うん。若そうだよ」

「おじいちゃん、傑と若緒の顔を見たがってるわよ。もう五年ぐらい来てないでしょ？」

来てない、との言葉にややあせる。行ってない、じゃなくて、来てない。母は今、宮津にいる。宮津から平井を見てる。だからその言い方になる。

「五年どころじゃないよ。最後に行ったのは、高一の夏休みとかだし」

「そうだった?」

「そう」

おれが高一で、若緒が中一。その歳のころからは、親の実家が遠のいてしまう。行くのがいやなわけではない。行ってもすることがないのだ。

若緒の名前が母の口から出たので、訊いてしまう。

「おじいちゃんは、若緒のことを知ってるんだよね?」

「知ってるって?」

「えーと、事故のこと」

「あぁ。もちろん知ってるわよ。すぐには言わなかったけど、落ちついてから言った。お母さんが落ちついてから。電話で」

「そのとき、おじいちゃんは?」

「ものすごく心配した。だいじょうぶだとは言っておいたけど」

おじいちゃんが若緒に会うために東京に出てくるようなことはなかった。歳が歳だからということもあっただろうが。母がそれを望まなかったのかもしれない。足を引きずるようになった若緒を、おじいちゃんに見せたくなくて。

「姉さんも二人に会いたがってるわよ」

姉さん。笹伯母さんだ。笹伯母さんと房夫伯父さんとも、会ったのは高一のときが最後。

二人の娘結佳子ちゃんと最後に会ったのは、さらに前。その高一のときも会えなかった。結佳子ちゃんは大阪の大学に行ってて、もう宮津には住んでなかった。そしてその夏は就活で忙しく、実家には戻らなかったのだ。

結佳子ちゃんは一度、若緒に電話をかけてきてくれたらしい。

若緒によれば。だいじょうぶ？　と結佳子ちゃんが尋ね、だいじょうぶ、と若緒が答えた。そっか。わたしにはわかる。若緒ちゃんがだいじょうぶって言えるなら、若緒ちゃんは本当にだいじょうぶ。結佳子ちゃんはそんなことを言ってくれたそうだ。

思いのほか長く母と話してしまった。

携帯電話会社のファミリー割引で、家族間の通話は無料。いくら話しても問題ない。お金はかからない。

これまでは、家族で長電話をすることなんてないでしょ、と思ってた。

あった。まあ、せいぜい十五分。長電話と言うほどでもない。

が、かけたからには言う。やはりそれが目的なのだから、言う。

「ねぇ」

「ん？」

「若緒の就職祝をやろうよ」

「あぁ。それ、傑のときは、やった？」

「やって、ないか」

言われてみれば、やってない。そういうのはいいよ、とおれ自身が言ったのだ。何か照れくさかったから。

「でも今回はやろうよ。だからさ、帰ってきなよ」言い直す。「帰ってきてよ」

「あら」

「ん？」

「うれしいことを言ってくれるのね。さすが長男」

「次男だとしても言ってたよ」って、何だそれ。

「そうね」と母は言う。「もうちょっとしたら帰るわよ」

「うん」

いつ？　と尋ねたりはしない。急《せ》かさない。そこは母自身に任せる。

「じゃあ、えーと、切るね」とおれが言い、

「うん」と母が言う。

「それじゃあ」

「ありがとうね。傑」

「いや、おれは何も」

「じゃあ」

「じゃあ」

電話を切った。おれがかけたので、先に切るのもおれ。これが仕事関係だと、相手が先に切るのを待つのがマナー、なんて言われたりもする。相手は母。目上の人ではあるが、仕事関係ではない。だいじょうぶ。

まさにひと仕事終えた感じで、ふうっと息を吐く。

家族だからこそ電話で話したほうがいいことや電話でしか話せないこともある。のかもしれない。


母が帰ってきたのは四日後。ごく普通に帰ってきた。買物から帰ってきたときみたいに。いや、みたいも何も、そのものスーパーのレジ袋を提げて。

玄関のドアが開く音がしたので、おれは居間から出ていった。

すると、母がいた。

「あぁ。何だ。いたの」と母自身が先に言った。

「今日は休み」と言いながら手を伸ばし、母からレジ袋を受けとった。

「ただいま」と靴を脱ぎながら、母。

「おかえり」とおれ。「荷物は？」

「重いから、送っちゃった。夜に届くはず」

「宅配便？」

「そう。晩ご飯、さんまにするわね。出直すのは面倒だから、買ってきちゃった。そんなに食べてないでしょ？　お魚」

「うん。たまに若緒が鮭《さけ》を焼いてくれたぐらい。あとは、あじの開きとか」

「何だ。食べてるのね」

「たまにだよ」

「その若緒は？」

「大学。帰りはちょっと遅いみたいよ」

「あら、そうなの？」

「ゼミの人たちとご飯食べてくるって言ってた」

「じゃあ、さんまはわたしたちだけで。お父さんはいつもどおりでしょ？」

「だと思う。遅くなるとは言ってなかったし」

お父さん、という言葉が母からすんなり出てきたことにほっとした。あの人、とかそんな呼び方にはなってない。よかった。

そして夜。父はいつもどおりに帰ってきた。午後七時前だ。

おれが母の帰宅を前もって伝えたりはしてなかった。玄関には母が迎えに出た。

父がインタホンを鳴らしたわけではない。昼間のおれと同じように、ドアが開く音で母が気づいたのだ。母も今日だから迎えに出たわけではない。もとからそうなのだ。父は帰宅したときにインタホンを鳴らさない。わざわざ母に玄関のドアを開けさせるようなことはしない。でも母は母で、気づけば出ていく。その感じに戻っただけ。

「おかえり」と母が言い、

「ただいま」と父が言った。

その声は居間にも聞こえてきた。逆でしょ、と思い、ちょっと笑った。母が先に口を開いたから、母のおかえり、父のただいま、の順になった。ただいまを言うべきなのは、むしろ母のほうだ。

父と母にそれ以上の会話はなかった。そこもいつもどおり。自然と言えば自然だし、不自然と言えば不自然だ。いつもどおりと考えれば自然で、でも今日ということを考えれば不自然。

おれは自然をとった。父と母もいつもどおりにやることを選んだのだ。そうとらえることにした。でもそのあとで思った。おれはしなかったが、母が父に電話をしてたのかもしれないなと。

　母が焼いたさんまはうまかった。

「うまいな」と父が言い、

「うまいね」とおれも言った。

　旬のさんまに母が絡めば、そりゃうまい。その組み合わせは強い。

　三人での食卓では、主に宮津の話をした。おじいちゃんがどう、笹伯母さんがどう、といった話だ。母自身の話はしなかった。それでよかったと思う。何よりも大事なのは、母が帰ってきて今ここにいるということだから。

　三上家の残る一人、若緒は、宅配便よりずっとあと、午後十時すぎに帰ってきた。〈遅くなるなら車で迎えに行く〉とＬＩＮＥで伝えてはいた。〈頼むなら早めに連絡する〉との返信をもらってもいた。

　結局、連絡はなし。若緒は駅から歩いて帰宅。父同様、手持ちのカギで玄関のドアを開けて入ってきた。

「ただいま」と言ったあと、出ていった母に向けてこう続けた。「おかえり」

「ただいま」と返したあと、母もこう続けた。「おかえり。この時間ならタクシーを使いなさいよ。あぶないから」

「だいじょうぶだよ。この距離でタクシーなんてもったいない」

「お金は出してあげるわよ」

「誰のお金でももったいないよ」

「じゃあ、せめて傑を呼びなさいよ。行くつもりで待ってたんだから。ビールを飲まないで」

「いいよ。お兄ちゃんだって明日仕事だし」

二人が居間に入ってきたので、おれは若緒に言った。

「呼べよ」

「電車に乗るまでは呼ぼうと思ってたの。でも乗ったら、まあ、いいや、と思って」

そこへちょうどフロ上がりの父もやってきて、家族四人がそろった。

そう。父は帰宅してすぐにではなく、寝る前にフロに入るようになってるのだ。母が帰ってきたからそうしたのではない。母がいないあいだもそうしてた。慣らしてたのだと思う。母が帰る日に備えて。

「ねぇ」と若緒が言った。「明日は土曜だけど。お父さんは休み?」

「休みだな」

「お兄ちゃんは、晩ご飯の時間ぐらいに帰ってこられる?」

「まあ、たぶん」

「お母さんは、いるよね？」

「ええ。何？」

「ウチはさ、これまで家族会議みたいなの、したことないじゃない。一度だけ、しよう。わたしが晩ご飯をつくるから」

家族会議。その大仰《おおぎよう》な言葉にたじろいだ。何だ、何が行われるんだ？　とかなりあせった。

で、翌日。

若緒は本当に晩ご飯をつくった。

メニューは、何と、オムライス。家族会議っぽくないメニューだ。

そのオムライス調理には母の手だすけもあったらしい。若緒がつくったオムライスなのに、卵があと載せではなかった。ご飯をちゃんと包んでた。ただし、そのご飯はいつも母がそうするケチャップライスではなかった。白いご飯？　と一瞬思わせての、バターライス。

「料理の動画をいくつも見て、自分なりに研究したの」と若緒は説明した。

家族四人、その若緒オムライスでビールを飲むことになった。

「オムライスなのにビール？」と言ったあとで、おれはこう言い換えた。「会議なのに、ビール？」

「会議っていうのはちょっと大げさだった」と若緒。「一度はっきり言っておきたいことがあっただけ。ちょうどいい機会だから、言う」

おいおい、何だよ、と思った。おれが余計なことを言ったせいで、会議は自動的に始まってしまったらしい。

何の前置もなし。若緒はズバッと言う。

「わたしは大河を恨《うら》んだりはしてないから。少しもしてないから」

父も母もおれも、驚いて若緒を見る。

若緒は続ける。

「でもお母さんは大河を恨んでもいいよ」

「え？」

「それは止めない。わたしもいずれ子を持って、その子がこんなことになったら、やっぱり恨んじゃいそうだから。その子自身に恨むななんて言われたら、どうしていいかわからなくもなりそうだし」

母は何も言わない。

若緒はさらに続ける。

「でもお父さんが大河を責めないのはうれしい。これで大河を責める学校の先生よりは、責めない先生のほうがわたしはいい」

父も何も言わない。

若緒はなお続ける。

「お兄ちゃんは」

そう言われ、身がまえる。

「特になし」

「は？　何だよ、それ」

「じゃあ、たまには車で迎えに来て。それで充分」

「だから何だよ、それ」

「わたしが言っておきたいのはこれだけ。はい、終了」

「終了って」とおれ。

「家族会議は終了。ご飯、食べよ」

「食べる前に、終了？」

「そう」

マジで何なんだよ。あせらすなよ。妊娠したとか言いだすのかと思っただろ。

と言いそうになって、とどまった。家族に言う冗談ではない。

「じゃあ、せっかくビールがあるから乾杯しよ。それはお兄ちゃんがして」

「何でだよ」

「何でも何もないよ。そこは長男がしてよ」

「それ、広い意味ではセクハラだからな。会社でやったらアウトだぞ」

「会社と家庭はちがうよ。そこでセクハラとか言うほうが逆に気持ち悪い」

と言いながらも、若緒は笑う。

それを見て父が笑い、母も笑う。

ならいいかと、おれも笑う。

「じゃ、乾杯」とそれは軽く済ませ、オムライスを食べる。

悪くない。というか、うまい。

でもまだケチャップの勝ち。

母の勝ち。


バックヤードへ戻るべく、店内の通路を歩く。

そこへ声が聞こえてくる。大声。怒声と言ってもいい声だ。

これはちょっとヤバい。振り返り、声がするほうへ急いで向かう。ダッシュとまではいかない小走りで。買物中のお客様にぶつからないよう注意して。

レトルトカレーの棚の前に、泉田さんとお客様らしき男性が立ってる。二人は一メートルほどの距離を置いて向かい合ってる。男性が睨み、泉田さんがうつむく、という形で。男性は、四十代後半ぐらい。柄もののシャツに茶色のチノパン。銀縁《ぎんぶち》のメガネをかけてる。買物カゴを提げたりはしてない。

「こっちは客だぞ。客がものを買うからお前らが儲かるんだろうよ。メシ食えるんだろうよ。その客に対して何だよ。何なんだよ」

おれは二人に近づき、男性に声をかける。

「すみません。何かございましたでしょうか」

「こいつが邪魔なんだよ。通路をふさぎやがって」

わきに段ボール箱が載せられた台車がある。泉田さんがいつものように品出しをしてたのだ。

でも台車は決して大きくない。段ボール箱がちょうど一つ載るサイズ。普通はそれに箱を三つ四つ重ねて売場に出る。ウチの場合、小さな店でもないから、通路はそこそこ広い。歩けないほど邪魔になってたとは思えない。

「客が歩いてんのにどこうともしねえんだよ。気づかねえふりしやがって。なめんなって話だよ」

わからない。酔ってはいないようだが。少しは酒を飲んでるのかもしれない。

「お邪魔になってしまったのならすみません。失礼しました」

そう言って、おれは頭を下げる。結構深く下げる。やり過ぎと思われるぐらいでちょうどいいのだ、こんなときは。

でも男性は引かない。

「こいつは訊いたことにちゃんと答えねえんだよ。適当なことを言ってごまかそうとしやがんだよ」

「それも失礼しました」とまたおれが言う。

「そもそも、こっちは客なのに、こいつはいらっしゃいませもねえんだよ。いつもシカトしやがんだよ」

「あぁ」

「今だってそうだよ。客が歩いてんのに、見ようとも立ち上がろうともしねえんだよ」

「すみません」

そう言いはするが、もうわかってる。推察できる。結局、何も起きてないのだ。少なくとも今は。

泉田さんが今男性の邪魔をしたわけではないし、泉田さんが今男性の質問に答えなかったわけでもない。泉田さんを見かけた男性が難癖をつけただけ。

ここからはありがちなパターン。男性は文句のリピートに入る。

「ずっとそうなんだよ。こいつは客が訊いたことに答えない。客に対していらっしゃいませもない。感謝なんかしてねえんだろうな。金もらえりゃそれでいいと思ってんだよ。客のことなんか何も考えてねえんだよ」

　そんな言葉が何度もくり返される。順番がちょっと変わるだけ。言葉自体はほぼ同じ。

「ほんとにこいつはいつもそうなんだよ。いつも通路にいて客の邪魔してんだよ。何なんだよ、こいつ」

　くり返しの三度めあたりで、もういいだろうと思い、おれは言う。

「あの、お客様」

「あ？」

「こいつとおっしゃるのはやめていただけますか？　わたしどもの大切な従業員ですので」

「は？」

「失礼なことをしてしまったのなら、お詫びします。本当にすみませんでした。今後はそういうことがないよう充分気をつけます。ということで、どうかご容赦ください」

「お前、何なんだよ」

「わたしは、こちらの部門の担当者です」

「社員か？」

「はい」

「まだガキだろ」

「まあ、はい」

「どうせ下っ端だろ？」

「そうですね」

「お前じゃ話になんねえよ。店長を呼べよ」

　久しぶりにそれが来た。おれが実際に聞くのは二度め。前のときはたまたま間瀬さんもいてくれた。おれ一人のときは初めてだ。

お客様にしてみれば、たぶん最後の切札を出した気分。でもこちらにしてみれば、特別感はない。あぁ、それをおっしゃるかたなのか、と思う程度。言われたところで、そんなには困らない。

　実際、おれも言う。

「呼ぶのはかまいませんが、お客様にまた同じ話をしていただくだけになってしまうと思います」

「あ？」

「店長が参りましても、わたしが今申し上げた以上のことは申し上げられません。むしろお客様のお時間を無駄にしてしまうかと」

　男性は黙る。ひるんだわけではないが、口は閉じる。

たたみかける。

「わたしは三上と申します。売場を見る役目を与えられております。店長に代わり、あらためてお詫び申し上げます」

男性が口を開きかける。

そこへさらにかぶせる。

「本当に失礼しました。充分注意しますので、今後もハートマート両国店をよろしくお願いします」

そしてまた頭を下げる。深く深く下げる。

「よろしくお願いします」と泉田さんも続く。

おれらにはっきり聞こえるように舌打ちし、男性は言う。

「気をつけろよ」

もう大声ではない。小声でもないが、まあ、普通の声。尖《とが》りはない。

男性は去っていく。レトルトカレーの先にあるレトルトシチューの棚を眺めながら歩き、通路を右に曲がって姿を消す。

まだ少し下げてた頭を、ようやく上げる。

泉田さんも同じ。

「だいじょうぶですか?」と尋ねる。

「うん」と泉田さんは答える。「たすかった。どうも」

「どうしたんですか？」

「しゃがんで品出しをしてただけ。そしたらあのお客さんが」

「何か言ってきたんですか？」

「邪魔だよって。台車も箱もこっちに寄せてたから邪魔ではなかったと思うんだけど」

「そう、ですね。これなら充分通れますし」

「ただ、まあ」

「何ですか？」

「あのお客さんが来たから、あっと思って、わたしが目を逸らしたのも事実」

「何かあったんですか？　前に」

「あったというほどじゃないけど。一度、これこれこういうカレーはないかって訊かれたの。聞いたことがないメーカーさんのだったんで、ウチで扱ってないことは確か。だから、ここに出てるものしかないですねって言ったの。でもそれが気に食わなかったのか、調べもしないで何がないだよ、みたいなことをあのお客さんが言いだして。何か、怒っちゃって」

「そのときはそれで帰ったんですか？」

「そう。でもそれからも何度か見かけて。初めはいらっしゃいませを言ってたんだけど。

何か、来るたびにわたしを睨むようになって。品出ししてるその後ろをただ通るだけで舌打ちしたり、邪魔なんだよって言ったりするようにもなって」

「そうなんですか。その時点でおっしゃってくれれば」

「でもそれだけで、あとは何をするわけでもないから。わざとぶつかってくるとか、そういうことがあれば、もちろん言うけど」

たまたま目をつけられてしまっただけ。その程度でも、おれに言ってくれてよかった。が、泉田さんは言わなかった。言ってもしかたないと思った、ということだろう。

「もしまたあのお客様が来られて、今と同じようなことになったら、そのときはすぐに僕を呼んでください。僕がいなかったら間瀬さんを。これはもう無理だと思ったら、ここを離れてもいいですよ。係の者を呼んできますとでも言って、離れちゃってください。呼ばれたら僕はすぐ行きますから。一人で対応しますから」

「それは、どうも」そして泉田さんは言う。「ほんと、たすかった。ありがと」

「いえいえ」

そこでおれはあることを思いつく。ためらわずに言う。

「ここの品出しは、そこにある分で終わりですか？」

「うん。あとひと箱」

「じゃあ、終わったら、事務室に来てもらってもいいですか？」

「わたし、休憩はもうとっちゃったけど」

「休憩ではなく。仕事の一環です」

「じゃあ、はい」

おれはひと足先にバックヤードの事務室に戻り、追加の発注作業にかかった。

泉田さんは十分もしないうちにやってきた。

「お待たせ」

「どうも。早かったですね。おつかれさまです」

どうぞと手で示し、隣のイスに座ってもらう。

「わたし、クビ？」といきなり泉田さんが言う。

「いや、何でですか」と返す。

「いきなりここに呼ばれたら、そうかなと思っちゃう」

家族会議での若緒がそうだったように、おれも前置なしで言う。

「すみませんでした」

「え？」

もう誰がいい悪いじゃない。そんなことはどうでもいい。

「僕は人によって対応を変えたりしないよう努力してたつもりでした。でも泉田さんが不快に感じられたなら、やっぱりその努力が足りなかったんだと思います」

「急に何？」と泉田さんがとまどう。

ここ数日、ずっと考えてたのだ。

泉田さんは休みの希望をおれにちゃんと伝えたのかもしれない。おれが聞き逃したのかもしれない。聞き流した結果、聞き逃したのだ。やはり、このところいつも若緒のことを考えたり大河のことを考えたりで、仕事に集中してなかったから。

「泉田さんを疑うような感じにもなっちゃって、本当にすみませんでした」

「いや。そう言われちゃうと何か」泉田さんは続ける。「わたしも、言いやすい三上くんにだから強く言っちゃったようなとこもあるし。ほら、わたしたちパートは、茶飲み話に社員さんの悪口を言ったりすんのよ。で、若い子のことは、言いやすいの。わたしたちの子どもぐらいの歳のくせに何を偉そうにって。別に偉そうではなくてもね」

「あぁ」

「それで、ついつい勢いで言いすぎちゃったようなとこもある。間瀬さんはしっかりした人だから、どうしても三上くんのほうにいっちゃうというか。三上くんは悪役としてちょうどいいというか」

「ちょうどいい、ですか？」

「いい。何ていうか、無駄に素っ気《そけ》ないところが」

無駄に素っ気ない。そうかもしれない。

もうこうなったら言ってしまう。決して蒸し返すつもりではなく。

「お子さん、だいじょうぶ、ですよね？」

「ん？」

「お体、悪かったりしないですよね？」

間瀬さんに言われたあれ。もしかしたら重い病気なのかもしれないぞ、がちょっと気になってたのだ。本当にそうならマズいなと。

「あ、トヨマね」と泉田さんは言う。「あの子、初めはノドが痛いって言ってたの。それで熱が出たのよ。内科医院に行って、薬もらって。飲んだら熱は下がったんだけど、ノドの痛みは治らなくて。何日かしてまた熱。だから今度はほかの病院に行ったの。それが四月かな。あの、わたしが休んじゃったとき」

「四月。はい」

「結局はそこでも似たような薬を出されて。飲んで。熱は下がって。すぐにではなかったけどノドの痛みも治まって。よかったと思ってたんだけど。そしたら七月にまた痛みが出て、熱も出て。もしかしたら何かよくない病気かもっていうんで、ちょっと大きい病院に行ったわけ。そこでそれまでのことを説明したの。そしたら、花粉症かもって言われて」

「花粉症、ですか」

「そう。スギとかヒノキとかのあれね。ノドに症状が出る人もいるらしいのよ。ほら、鼻とノドはつながってるから、そこで炎症を起こしちゃうの。それで内科から耳鼻科にまわされて。血を採って調べてみたら、ほんとに花粉アレルギーだった。スギにヒノキにカモガヤ。それに、えーと、ブタクサにヨモギ」

「そんなにですか」

「そんなに。でもお医者さんの話だと、すべてに症状が出るわけでもないらしいの。トヨマの場合は、スギとヒノキとカモガヤ、今のとこブタクサとヨモギでは出てないけど、十月までは花粉が飛ぶみたいだからまだ安心できない」

「カモガヤ、というのは」

「七月にわたしが休んだときに飛んでたのがそれ」

「スギとヒノキはわかりますけど。それは、草ですか？」

「草。空地とか川原とかによく生えてるみたい」

川原。だったら、荒川の河川敷にも生えてるかもしれない。

「三上くん、花粉症は？」

「ないです」

「わたしも。でもトヨマはなっちゃった。ちょっとは遺伝もあるみたい。わたしのダンナがそうなの。三月四月はいつもクシャンクシャンやってる。あれは大変よね。なっちゃったらもうずっとだから。スパッと治るものではないらしいし。きつい時期は薬を飲みつづけるしかない」

「そう、なんでしょうね」

そんな事情があったのか。聞けば納得する。ならしかたないな、と思う。

「そういうことなら、言ってくだされば」

「社員さんに言わないわよ。いや、別に個人情報だからってことではなくて。パートにそんなこと言われても困るでしょ。わたし自身のことならともかく、息子のことだし」

確かにそうかもしれない。言われたら言われたで、そこまで明かさなくていいですよ、と思ってたかもしれない。でも聞いてれば、少しはちがってたはずだ。ほんとに子どもの具合が悪いのか？　なんていやなことは思わなかったはずだ。言わなかった泉田さんが悪いのではない。訊こうとしなかったおれが悪い。

「僕もいろいろ言葉が足りなかったと思います。これからは、言いたいことを端折《はしょ》らずに言います。泉田さんも、感じたことは何でも言ってください。釈然としないまま終わったりしないよう、お互い納得いくまで話しましょう」

「何でも言っていいの？」

「はい。ただ、ちょっとお手やわらかにお願いします。内容はどんなものでもいいですけど、何というか、多少やわらかめに」

「何よ、それ」と言う泉田さんの顔は笑ってる。

泉田さんがその笑顔をおれに向けてくれたのは、本当に久しぶりだ。単純に、うれしい。

さっそくこちらから言う。

「トヨマくん、ですか」

「何？」

「お子さん」

「あぁ。そう」

「どういう字ですか？」

「豊かに真昼の真。馬じゃなくて、そっちの真」

「今、一年生でしたっけ」

「うん」

泉田さんは高校名まで挙げた。

「え、ほんとですか？　ウチのすぐ近くですよ」

「そうなの？」

「はい。歩いて五分です。妹が通ってたし、今は隣の子が通ってます。その彼はもう三年生ですけど」

郡くんだ。

「ウチはこの近くだから通学には時間がかかるんだけど、豊真が自分でそこに行きたいって言ったの。偏差値もちょうどよかったし、軽音楽部みたいなのがあるっていうんで。同好会じゃなく、部としてちゃんとあるらしいのね」

「あぁ。あるみたいですね。妹がそう言ってました」

「で、ほら、豊真はうたうから、ノドが痛いのはいやなのよ。そこは敏感なの」

「ってことは、ヴォーカルなんですか？」

「そう。ギターもちょっと弾く。そっちは始めたばかりだからうまくないけど」

「カッコいいですね」

「どうだろ。ラップとかやられるよりはいいかなと思って、ギターを買ってあげたんだけど。楽器ができるのは悪くないし」

「ラップは、ダメですか？」

「ダメじゃないけどさ。いきなり息子に、ヨ～ヨ～、とか言われても困るじゃない」

というその言葉に笑う。まちがいない。おれがいきなりヨ～ヨ～言いだしたら、母は困る。また宮津へ行ってしまうかもしれない。

「その高校なら頭いいんですね、豊真くん」

「そんなでもないわよ。まあ、親のわたしよりは遥かにいいけど。中学のときはバスケやってたの。でもレギュラーにはなれなくて」

おれと同じだ。サッカーは一チーム十一人だが、バスケは五人。レギュラーの数そのものが少ない。きつい。

「だから高校はバスケじゃなくて音楽。中学でバスケ部にいたときからそう決めてたみたい」

「それは、偉いですね。というか、賢明ですね」

おれが行った高校にも軽音楽部があった。でもおれ自身に音楽への興味がなかった。聞くだけで充分。やるほどの興味は持てなかった。

それでもやってみる。という選択肢だって、あったのかもしれない。音楽に限らず。美術でも漫画でも。といって、田野倉部員であったことも、別に後悔はしてないが。それはそれで楽しかったから。風吾とダラダラしただけではあっても。

「豊真の下がね、今、中学でバスケをやってるわよ。女の子。キア」

「キアちゃん。そちらは、どういう字ですか？」

「二十一世紀の紀に亜細亜《アジア》の亜。豊真の影響で始めたの、バスケ」

「へぇ」

「参ったわよ。経験者が二人もいるんだからバスケのゴールを買ってくれとか、紀亜が言いだしちゃって」

「ゴールを」

「そう。よくあるじゃない。家の庭にも置けるようなやつ」

「あぁ。ありますね」

「ダメだって言ったけどね。調べたら三万円ぐらいするから」

「でも紀亜ちゃんがそう言ったってことは、ご自宅に庭があるってことですよね？　すごいじゃないですか、都内で庭付きって」

「いやいや。庭なんて言えたもんじゃないわよ。車庫とつながったちょっとしたスペースってだけ。ゴールを買ったところでシュートしかできないの。ドリブルとかそういうのは無理」

「フリースローみたいなシュートだけってことですか？」

「それ。しかも車庫にパパの車があったらシュートもできないしね。だからパパもダメって言ってんの。万が一強風でゴールが倒れたりしたら、車にガシャンといっちゃうから。それでもうわかるでしょ？　車庫に屋根もない、小さな小さな一戸建てなのよ。お菓子の家みたいな」

「でも都内はそうですよね。ウチも同じですよ。で、思ったんですけど」

「何？」

「泉田さん、ダンナさんをパパって言うんですか？」

「言うよ。子どもたちがそう言うから。豊真はもう高一だから言わないけど、紀亜はまだ言う。だからわたしもそう言っちゃう。おかしい？」

「おかしくはないですけど。ちょっと意外でした」

「パパだって、わたしをママって言うからね。三上くんも結婚すればわかるよ。子どもができたら、家は子ども中心になるの。子どもが最優先。まだ小さいうちはおっかなびっくりよ。事件に巻きこまれないだろうな、事故に遭わないだろうなって」

わかる。子どもはいないが、痛いほどわかる。おれは若緒の兄だから。

「三上くんはカノジョいるの？」

「いますよ。一応」

「ゲッ。意外」

「何ですか、それ」

「一応とか言っちゃダメじゃない。それを聞いたら怒るよ、カノジョ」

どうだろう。美令なら怒らないかもしれない。が、いやな気分にはなるのか。

と、まあ、泉田さんへの謝罪はこれで終了。

とりあえず、おれが言えることは言った。聞いてもらえた。よかった。

何日かして、間瀬さんに言われた。あのときの三上くんはカッコよかったって、泉田さん、言ってたよ。

あのとき。おれがレトルトカレーの棚の前に駆けつけたとき、だ。

お客様が相手だから詫びただけ。こちらは大して悪くないようなので、あくまでも形としてやんわり詫びただけ。むしろカッコ悪い。

大人になると、こんなことがたまにある。カッコ悪い行動をしてるのがカッコよく見える、なんてことが。それをカッコいいと言われることがまたカッコ悪い。でもカッコいいとか悪いとか、そういうのはもういい。結果オーライ。とにかくよかった。

謝罪をすること自体も、やってみたら思いのほか気分がよかった。そしてたぶん、そのことが後押しにもなった。

というわけで、もう一つ。これも謝ってしまうことにした。

その日の午後九時すぎ。二時間残業し、両国から総武線に乗って平井で降りたあと。

おれは家へと歩きながら、亮英に電話をかけた。ゴールデンウィークの飲み会でおれがいやなことを言ってしまった、亮英だ。

おれと亮英の関係からして、電話のほうがいいと判断した。例えばこれが航輔なら、直接会って話すほうがいい。でも亮英なら電話だ。

宮津にいた母にかけたあれで、おれは電話のほうが話しやすいこともあるのだと知った。母の場合は、関係が近すぎた。亮英の場合は、関係が遠すぎる。どちらも、電話のほうがいい。

留守電になったらまたかけるとのメッセージを残す、と決め、おれは電話をかけた。

亮英は三度のコールで出てくれた。

「もしもし」

「もしもし。傑？」

「うん」

「何、珍しいじゃん。どうした？」

泉田さんに謝ったときと同じ。前置はなし。おれは言う。

「亮英、いやなこと言ってごめん」

「え？」

「飲んだとき。ゴールデンウィークのあのとき」

「何か言ったっけ。おれ、言われたっけ」

「ほら、ちゃんと働けみたいなことを、おれが」

「あぁ。言われたか。役者のほうが上だと思ってんな、みたいなこと、だよな？」

「そう。マジでごめん。おれ、ちょっと酔ってて。あれは本気じゃないよ」

「いや、本気だろ」

「いや、本気では」

「いや、本気。別に怒ってるわけじゃないよ。おれが怒れることでもないし。言ったのは酔ってたからだとしても、内容は本気だろ」

「いや、それも」

「普通はそう思うよなって、おれも思ってるよ。だって役者志望とか、うさん臭いじゃん。そんなの誰だって言えるし」

「でも、ちゃんと芝居に出たりは、してるんだよね？」

「出てはいるけど、ちゃんとってほどではないよ。主役とか準主役にはなれない。脇も脇ってこともあるし」

「そうなんだ」

「そんなにうまくはいかないよな。おれは死ぬほど顔がいいわけでもないし」

「顔はいいでしょ」

「あ、顔はって言った」と亮英が笑う。「顔がいいやつなんてさ、これまた死ぬほどいんのよ。当たり前にいいなかで、ほかに何かがなきゃダメ。その何かが何なのかは、おれもよくわかんないけど」

「演技力、とか」

「それも当たり前」

「そうか」

「で、何、傑、そんなことで電話してきたわけ？　あのときのことを謝るために」

「まあ、そう」

「すげえな、それ。マジで怒ってないよ、おれ。というか、傑を怒らせたのはおれのほうじゃん」

「それはいいよ。お互い飲んでたし」

「いいんならいいけど。いや、おれもさ、二年ぐらい前までは、役者志望ってことを誰にも言ってなかったのよ。でも、ほら、傑もそうだけど、大学に行ったやつらはみんなその四月で就職じゃん。何かヤベえな、とは思うようになったんだよな。そんで、あえて言うようにしたの」

「あえて」

「そう。誰にも言わないでやっとけば、失敗したときもバレないじゃん。役者なんて知りませんよ、やろうとなんてしてませんよ、みたいな顔して働いたりできる。そんなんじゃダメだと思ったわけ。でも言ったら言ったで、今度は言ったからいいと思っちゃうというか、そこに甘えちゃうんだけど。だからさ、傑の言うとおりではあったよ。役者のほうが上とかそんなふうに、ちょっとは見せようとしてた。伝わっちゃうんだな、そういうのは」

　あらためて思いだす。

　普通に働いてるやつより上だとか思ってんなよ。おれはそう言ったのだ。亮英が言うように、内容は本音だったとしても、いやな言い方をした。してしまった。

「おれは」と亮英は続ける。「中学のサッカー部でもレギュラーじゃなかったじゃん。だからどうしてもそういうとこがあんだよな。自分を上に見せようとするというか」

「おれもレギュラーじゃなかったよ」

「そっか。傑もだ。でも傑は、そんなの全然気にしてなかったろ?」

「は? してたよ。しまくってたよ」

「マジで?」

「マジで」

「そうは見えなかったな」

「いや、亮英こそ、まったく気にしてないように見えたよ。正直、たまにそれで苛ついた」

言ったあとに思う。謝罪のためにかけた電話で、苛ついたとか相手に言うなよ。

でも。そうなのか。亮英は亮英で、劣等感があったわけだ。おれと亮英ではそこへの対処の仕方がちがった。そういうことかもしれない。

「何だ。傑もそうだったんだな。というか、誰だってそうなるか。補欠になろうとしてやってるわけじゃないもんな」

「そう、だな」

「とにかくさ、おれ、あんときは笑ってごまかしてたと思うけど、結構痛いとこを突かれてたよ。ガードをかいくぐられてボディにいいパンチを入れられた、みたいな」

「ごめん」

「いいよ。むしろよかった。たまにはあんなふうに水をぶっかけられた感じになんないと、いつの間にかダラダラする。人間は水と同じで、やっぱ低きに流れるからな。って、これ、前にやった芝居に出てきたセリフ」

「おぉ。ほんとにちゃんとやってるんじゃん。芝居」

「やってるよ。うさん臭さ全開とはいえ、役者志望だから。といっても、それはおれじゃなくて主役のセリフだったけどな」

「亮英は、何番手ぐらいの役をやるの？」

「いいとこ五番手かな。最近出たのはそう」

「だったらそこそこじゃん」

「いや。それ、五人の芝居」

「あぁ」

「だから五番手でもそこそこセリフはあんだけど。まあ、端役《はやく》だな。実質四人の芝居で、プラス便利屋のおれ、みたいな感じ。舞台装置のイスとか段ボール箱とかを動かしたりする役目のほうが多かったよ」

「役者がそれをすんの？」

「そう。ウチみたいな小劇団の芝居だとそれが普通だよ。誰かのモノローグのときに横でそれをしたりとか。別に隠さなきゃいけないわけでもないから」

「また飲み会があったら、そういう話を聞かせてよ」

「いいけど。つまんねえよ。劇団て、内側はギトギトしてたりもするから」

「それはそれでおもしろそうだ」

「いずれ芝居そのものを観に来てくれよ。おれが三番手ぐらいになったら」

「行くよ。何なら元サッカー部で行く。航輔とかと」

「いや、それは恥《は》ずいな。いつまで中学を引きずってんだよって話だし」

「じゃあ、補欠仲間のおれだけで」

「おぉ。それはいい」

「亮英がいるのは、何て劇団？」

「劇団『東京フルボッコ』。知らないだろ？」

「ごめん。知らないわ」

「知ってるわけないよ。小劇団も小劇団だし。あ、でもそういや、去年までウチの看板女優が平井のアパートに住んでたよ。たぶん、傑んちの近くじゃないかな。今はもう稽古場《けいこば》の近くに移ったけど」

「何て人？」

「ツボウチイクノ」

　坪内幾乃さん、だそうだ。

「ごめん。やっぱ知らないわ」

「だと思うよ。看板女優といっても小劇団だから、看板も小さいし」

「三番手にならなくても、言ってよ。休みが合えば、芝居、観に行くから。土日は難しいけど」

「おれもチケットを売んなきゃいけないから、来てくれるならたすかるよ」

「場所は、どこでやるの？」

「新宿が多いかな。そこの小劇場。御苑《ぎょえん》の近く。ほんとに小さいよ」

「でも新宿なら行きやすいよ」

「ならよかった」

「じゃあ、いきなりの変な電話でごめん」

「いや、いいよ」と言い、亮英はこう続ける。「あ、そうだ。おれも一応言っとくよ」

「ん？」

「あれはほんとだから」

「何？」

「傑の妹のこと。何だかよくわかんないし、こんな言い方をすんのも変だけど。おれ、足がどうとかっていうのは、マジで気にしないから。マジもマジでそうだから」

「そうじゃないとは、思ってないよ」

若緒について、亮英は具体的なことを訊いてこない。訊かれればおれも言うだろうが、訊かれないから言わない。それでいい。

「じゃ、おれ、これからバイトだから」

「え、そうなの？　今から？」

「宅配便の配送センター。深夜のほうが時給がいいんだよ。ということで、おれが役をもらえて芝居の日程も決まったら連絡するよ」

「うん。よろしく」

「こっちこそよろしく。できれば二枚ぐらい買ってくれるとありがたい」

「わかった。二枚買うよ。カノジョと行く」

「そうか。傑、カノジョいるんだ。飲み会でそんなこと言ってたな」

「亮英は、いないんだっけ」

「いないよ。深夜バイトの役者志望に、女は引っかかりそうで引っかかんない。最近は渾《こん》身《しん》のチャラ男演技も不発。って、演技でもないけど。そんじゃあ」

「うん。じゃあ」

そしておれは電話を切った。かけたのはおれだからそこは自分から、のつもりでいたのだが、せっかちな亮英が先に切ってしまった。

役者か、と思う。それこそ、やってみなければ始まらない。やってみて初めて、自分に能力があるかわかるのだろう。それは逆につらい。でも考えてみれば、何だってそうだ。例えば消防士だって。例えばスーパーの店員だって。

これで亮英への謝罪も終了。やはり気分はいい。

で、あることを思いついた。

翌日、その案をさっそく実行に移した。

こうなったらもうついでだ。引っかかることはすべて片づけてしまおう。謝れる相手にはすべて謝ってしまおう。

というわけで、おれはJR平井駅に向かった。

仕事帰りに両国から乗った総武線。まずは一つ前の亀戸で降り、駅の近くにある鶴巻《つるまき》洋菓子店で洋菓子の詰め合わせを買った。

ここのは何でもおいしいのだ。クッキーもマドレーヌも。前に店で缶詰会社の営業さんにもらったそれらを食べて、好きになった。鶴巻洋菓子店は、亀戸のほか、門前仲町《もんぜんなかちょう》や人形町《にんぎょうちょう》にある。出店する町のチョイスがいい。渋いとこをつく。

また総武線に乗り、次の平井で降りた。で、改札は出ず、わきの窓口にいた四十代ぐらいの駅員さんに声をかけた。

「すみません。あの、いつも駅を利用させてもらってる者ですけど」

「はい」

「えーと、二ヵ月ぐらい前の夜に、上のホームで、吐いてしまったことがありまして」

「吐いた」

「はい。飲みすぎてしまって。駅のホームに、こう、見事にやっちゃいまして」

「あぁ。はいはい」

「そのとき、駅員さんに声をかけていただいて。それで、そのまま帰っちゃったんですけど。後始末をさせてしまったはずなので、お詫びをしたいなと」

「それは、だいじょうぶですよ。よくあることですから」

「でも何か、逃げるように帰っちゃった感じで、僕自身、収まりが悪くて。一言、お詫びというか、お礼を言わせてもらえませんか？」

「そう、ですか。えーと、どんな駅員だったかは、覚えてらっしゃいます？」

「はい。たぶん、僕ぐらいの歳のかたじゃないかと思うんですけど」

「じゃあ、フカツかな。ちょっと待ってください」

駅員さんはその場を離れ、奥に行った。そしてすぐにもう一人の駅員さんを連れて戻ってきた。

「彼ですか？」

「あぁ。こちらだと思います」

おれを駅事務室に入れるわけにはいかないらしく、そのフカツさんがのりこし精算機のわきにあるドアから出てきてくれた。

顔をはっきり覚えてはいなかったが、間近に見て、思った。そう、この人。ホームに四つん這いになりながら見上げたのはこの顔だ。

「どうも。お待たせしました」とフカツさんが言い、

「突然押しかけてすみません」とおれが言う。

「いえ」

「僕が誰か、わからないですよね？」

「えーと、はい。すいません」

「いえ。覚えてるわけないと思います。もうかなり経ちますし」

「二ヵ月前、なんですよね？」

「はい」

「お顔までは覚えてませんけど、そういうことがあったのは覚えてます」

「あ、そうですか」

よかったです、とまでは言わない。むしろ、覚えてたか、と思ってしまう。おれのあの無様な姿を、と。

「僕は三上といいます」と、一応名乗る。訪ねてるのにそうしないのも変だから。

「わたしはフカツです」

　深津さん、だという。

「あのときはすみませんでした」

「いえ、全然。結構あることですから」

「でも、ああいうのの後始末をさせられるのは、いやですよね」

「専用の凝《ぎょう》固《こ》剤《ざい》があって、それを使って処理するので、そう大変でもないですよ」

「そうなんですか」

「はい」

「でもやっぱり、いやですよね」

「まあ、進んでやりたくはないですけど」

「ほんと、すみません」

「いえ。しかたないです。乗物に強くないかたもいらっしゃいますし」

「そうでしょうけど。僕の場合は酒だったので。しかも両国から平井で、たった三駅ですし。何か、吐くために電車に乗ったみたいになっちゃいました」

「でも吐く前提で飲むわけではないですから。ちょっと抑えめにしていただければとは、思いますけど」

「ですよね。ほんと、自分でもそう思います。お手数をかけてすみません」

「いえ。そういうこともある仕事だと初めからわかってますから」

深津さんが何気なく発したその言葉が、胸にストンとくる。

そういうこともある仕事。初めからわかってる。それはおれも同じだ。

遥かに歳上のパートさんを管理しなければいけないことは初めからわかってた。おれが軽く考えてただけ。そんなことは何でもないと思ってた。正直に言えば。歳下でも社員のほうが立場は上なんだからそちらがこちらの言うことを聞くべきでしょ、とも思ってた。

それはそのとおり。まちがってはいない。歳上か歳下かは関係ない。でもそこは人と人。そちらがこちらの言うことを聞くべきでしょ、という態度で歳下にこられたら、誰だって気分はよくない。いや、そんな態度で接したつもりはないが。そんなつもりはないことを示しきれてはいなかったのだと思う。

「あの、これ、お詫びというか、お礼です」

そう言って、鶴巻洋菓子店の紙袋を深津さんに差しだす。

「あ、いえ、それは頂けないです」

「いえ、どうか。ただの気持ちですので」

「でも、大したことはしてませんし」

「じゃあ、僕のためだと思ってください。これからもこの駅を使わせてもらうので、何かしておきたいんですよ。どうぞ、皆さんで食べてください」

「いいんですか？　ほんとに」

「ぜひぜひ」

「では、すいません、いただきます」

深津さんが受けとってくれる。たすかった。

「じゃあ、ほんと、いきなりですみませんでした。お時間をとってくださって、ありがとうございます」

「いえ。こちらこそ、わざわざありがとうございます」

「明日からも駅を使わせてもらいます。絶対に、とは言えませんけど、なるべく吐かないようにします」

「たすかります。お願いします」

「では失礼します」

頭を下げて、去る。自動改札を通り、右に進む。

外に出ると、そこはもういつもの平井だ。我が町。

まだ人が多い平井駅通りを歩きながら考える。そこで思い当たる。

無理に渡してしまったが。食べもの。食べてくれるのかな。例えば芸能人なんかは、ファンからもらった食べものを食べないという。駅員さんも、それは同じかもしれない。

平井に住む三上なる男。おれの情報はそれだけなのだ。平井も三上もうそだという可能性がある。洋菓子に毒が仕込まれてる可能性もある。

まあ、そのあたりの判断は駅員さんたちに任せればいい。受けとってくれただけで充分。食べずに捨ててくれてもいい。鶴巻洋菓子店にはちょっと悪いが、おれはそれでいい。

そうやって、できる謝罪をすべて終えたその翌日は、休み。

荒川の河川敷を初めて走ってみた。江藤くんを誘うことも検討したが、そこは一人で。海のほうへ走りだしてわずか二分でわかった。持久力が、自分で思ってた以上に、ない。びっくりするほど走れない。よかった、江藤くんを誘わなくて。

海の近く、葛西臨海公園の大観覧車がはっきり見える辺りまで行くつもりでいたが、早々に断念。途中からは小走りまでもいかないただの早歩きになった。

河川敷を離れ、都立大島小松川公園に逃げる。高校時代、よく学校帰りにベンチに座ってゲームをやった公園だ。葛西臨海公園まで行かなくてもあるほかの大きな公園、というのがこれ。大島小松川、の小松川は江戸川区だが、大島は江東区。ここは、旧中川を挟んで区をまたぐ公園なのだ。

もはや早歩きもあきらめ、園内の自由広場をゆっくり歩く。芝地っぽい広場、その真ん中を。

ここは本当に広い。そして何もない。自由にもほどがある、と言いたくなる。河川敷に隣接する公園ではあるのだが、距離がありすぎて川は見えない。そうと知らなければ川が近くにあることに気づけないと言ってもいい。

その自由広場をぶらぶらと半周し、また河川敷に出る。そして草地の向こうの荒川を見る。

川があってよかった。こんなふうに、何かあったら川を見られる、というのはいい。それで何が変わるわけではないが、少し気は晴れる。その少しが大きいのだ。だから人は川のそばに住むのかもしれない。

なんてことを考えてると。

海のほうから誰かが走ってくる。

うそでしょ？　と思う。デカいのですぐに気づく。

「あれっ」と言って、江藤くんは立ち止まる。「珍しいですね、三上さんがこんなとこにいるなんて」

「うん。江藤くんを見習って走ろうと思ったんだけど。見事に体力不足。五分走って、十五分休憩」

「週に一度でも走るようにすれば、慣れますよ」

「江藤くんはほんとにいつも走ってるんだね」

「いつもではないですけど、走る機会を増やすようにはしました。今のうちに体力をつけておかないといけないので」

「あぁ。郡くんに聞いたよ。受かったんだってね、試験」

「はい。おかげさまで」

「すごいよ。江藤くんなら受かるだろうと勝手に思ってたけど、ほんとに受かるんだね」

「運がよかったんですよ」

「いやぁ。だとしても、その運は江藤くんが自分で引き寄せたんでしょ」

本当にそうだと思う。こういう人にはそういうことができるのだと思う。

「これから海のほうに行きます？」

「いや。それは無理。おれも戻るよ。一緒に、いい？」

「ぜひ」

「せめてここから家までは、がんばって走るよ。ペースは合わせてくれなくていいからさ、おれが遅くなったら先に行ってね」

「わかりました」

といっても、江藤くんなら合わせてくれちゃうんだろうな、と思う。走りを無駄にさせないよう、おれもマジでがんばらなければ。

「じゃあ、行きましょうか」

「うん。行こう。とその前に」

「はい？」

おれは江藤くんを真正面から見て、言う。

「遅ればせながら。試験合格、おめでとう」

十月　家

「わたし、異動になった」

美令にそう言われたときは驚いた。

入社三年めの十月。二年半での異動。早い。新人なら三年は動かないだろうと思ってたのに。

でもそれは会社による。社員の希望を聞いてくれる会社は多いが、あくまでも聞いてくれるだけ。そんなことも多い。

美令の会社は大規模ではないが、全国に支店や営業所がある。美令がいずれどこかへ異動になる可能性があることはわかってた。そうなったらどうしようと不安に思ってはいた。現実にそうなった。異動が早まっただけの話だとも言える。

そのことを美令に告げられたのは、九月下旬。場所は例によって新宿の居酒屋。このときは、沖縄料理屋。

そこのカウンター席で、もずくの天ぷらを食べ、オリオンビールを飲んでた。もずくを天ぷらにしちゃうっていうその発想がすごいよね。できちゃうもんなんだな。そんなことを話してたら、美令がいきなり切りだしたのだ。その異動のことを。

「えっ？」とおれは声を上げた。

「といっても、大宮《おおみや》営業所」

「大宮。それは、何、通えるってこと？　引越はしなくていいってこと？」

「してもいいけど、しなくてもいい。電車だけで四十五分。今のアパートからでも一時間ちょいで行ける。下りだから、朝の電車は空いてるかも」

「あぁ」

「でも、ほら、一応は引越を検討するかもしれないってことで、会社が早めに教えてくれたの。準備期間は必要だから」

「そういうことか」

「実際、大宮寄りに移れば、たぶん家賃は安くなる」

「だろうな」

「ただ、本社に戻ることもあるみたいだから、今回は動かなくていいかと思ってる。引越にもお金がかかるし」

「じゃあ、よかった」

「よかったと、思ってくれるわけ？」

「ん？」

「まだわたしと付き合いたいと、思ってくれてる？」

そう言われ、また驚いた。おれがそう思わない可能性もあると美令は思ってたのだ。そしてそれはまちがいなくおれのせい。

「付き合いたいよ。決まってるじゃん」

「決まってるの？」

「決まってるよ。付き合いたいと思ってなかったら付き合ってない。こうやって隣に座ってないよ。オリオンビールを飲んでないよ」

「オリオンビールは飲むでしょ。付き合ってなくても」

「そうだけど。付き合いたいよ。もし必要なら」

「必要なら？」

「葛西臨海公園の大観覧車でキスだってするよ」

「それはいい」と美令は笑った。

「いいって、どっちのいい？」

「いやっていう意味の、いい」

「じゃあ、しないよ。大観覧車はただ乗るだけ。乗って江戸川区を眺めるだけ。近いうちに行こう。葛西臨海公園。おれも、近場とか地元のことをもっと知りたくなったよ。だから大観覧車に乗って、水族園にも入ろう」

「どうしたの？　急に」

「いや、どうもしてないけど。何か、悪かった」

「何が？」

「何か、いろいろと」

「まさか浮気とかしてる？」

「そういうんじゃないよ」

「わかってるよ」と美令はまた笑い、シークヮーサーサワーを飲んでこう続けた。「まあ、付き合うにしても、片道一時間はつらいから、営業所の近くに移るのもありだけどね。例えば赤羽《あかばね》とか。それなら、秋葉原《あきはばら》で待ち合わせもできるでしょ？」

「うん」

「どっちがいい？」

「おれが希望を言っていいわけ？」

「もちろん、いいよ。カレシだし」

シンプルなその言葉が、ちょっとうれしい。カウンター席に並んで座る美令の横顔を見て、思った。そう。おれはこの人のカレシなのだ。

美令もおれを見て、言った。

「何？」

「いや、何でもない」

「で、どっち？」

「引越さないでほしい。阿佐ケ谷なら、アパートに行けるし」

「引越しても、行けるよ。赤羽じゃなく営業所の最寄駅だとしても、平井からなら、阿佐ケ谷よりちょっと遠いぐらい」

「そうなの？」

「そう。調べちゃった。電車の乗り換えとかのサイトで」

調べてくれたのか。それもちょっとうれしい。

中ジョッキのオリオンビールを飲み干して、おれはお代わりを頼んだ。

届けられると、一口飲んで、美令に言った。

「この先おれらが別れたとしても、それはお父さんの逮捕歴が原因ではないから」

おれにしてみれば初めから言うつもりでいたことを言っただけなのだが、さすがに唐突《とうとつ》すぎたらしい。

美令はまたおれを見た。

てっきり、逮捕歴、のほうについて何か言うのだと思った。ちがった。こっちだ。

「わたしたち、この先別れるわけ？」

「あ、いや、ちがうよ。そうじゃない。そういうことを言いたいんじゃない」

そして美令も同じく唐突にこんなことを言った。

「そろそろ家族に紹介してくれてもいいけどね」

「え？」

「お父さんお母さんにってことじゃなく、妹さんに。気合の入った若緒ちゃんに、一度会ってみたいよ」

「あぁ」

「いやがられるかな、本人に」

考えて、言った。

「そんなことはないと思うよ。おれが紹介したがったら気味悪がるかもしれないけど、美令が会いたいと言ってくれるなら、若緒も会いたいと思うはず」

理由はよくわからないが、何となくそう思った。美令と若緒。合いそうだ。姉妹ではなく、友だちのようになれるかもしれない。

おれ自身、美令の両親に会ってみたい。美令と顔が似てるという母親にも。逮捕歴がある父親にも。

何故かそこで思いだし、おれは美令に言った。

「中学のときの友だちが役者をやっててさ。そのうち芝居をやるみたいだから、観に行こうよ」

「どこでやるの？」

「新宿。小さい劇場だって」

「あぁ。いくつかありそうだもんね」

「うん」

「お芝居か。それは初めて。楽しそう。だったら阿佐ケ谷にいるよ」

「いや、それはいいよ。いつやるかはまだわかんないし」

「でもいる。新宿でこんなふうに傑と飲むの、好きだし」

「美令と飲むのはおれも好き」

「おっ」

「何？」

「今、大観覧車に乗ってたら、あぶなかったね」

「あぶなかったって？」

「こんな流れでカップルはキスするんでしょ。一番高いところでそうできるよう、会話とかも調整して」

「それは、何か、いやだな」

「わたしもいや」

二人、笑った。このとき大観覧車に乗ってないことを、おれはちょっと残念に思った。

そして十月一日。

美令は予定どおり大宮営業所へ異動した。前日までは本社に出勤したが、その日からはそちらへ出勤した。

動いたのは美令だけ。おれは何も変わらない。美令は今も阿佐ケ谷のアパートに住んでる。また新宿で会える。それでも。何かが少し変わったような気はした。

初めて想像する。

おれは車を運転してる。助手席には美令が座ってる。車は交差点に差しかかる。信号は青。この青で右折しようと思い、おれは交差点に入る。対向車はなかなか途切れない。途切れたとは言えないちょっとした隙をついて、おれは強引に右折にかかる。歩行者に気づくのは、横断歩道を横切るまさに直前。おれはペダルを強く踏み、急ブレーキをかける。ぎりぎりセーフ。車はどうにか停まる。が。急ブレーキの音はもう一つ響き、左から、ドン！　衝撃が走る。左。美令がいる側。

事故の詳細を知った美令の母親は怒る。事故の原因をつくったカレシのおれに激怒する。教師ではない父親も同じ。

そうなったときに。おれはどうするか。

自分が一生面倒を見なきゃ。と、変に思ってしまうのではないだろうか。美令がそれを望んではいないのに。

そんなおれに、美令が別れを切りだす。あり得るような気がする。そうなって当然であるような気もする。

美令は、ひどい目に遭わされたからそうするのではない。自分の意思を尊重されなくなってしまうから、そうするのだ。

そして美令をひどい目に遭わせてしまったおれは、そのことに気づけない。すべてにおいて美令を尊重しようとすることで、実際には美令の意思を尊重しなくなってしまう。

大河と若緒のあいだに起きたのは、たぶん、そういうことだ。


若緒の就職先が変わった。ＩＴ会社ではなくなった。

そこから内定をもらったあとも、まだ就活を続けてたというのだ。いや、続けてたというよりは、しばらくして再開したという感じらしい。

そういえば、たまにリクルートスーツを着てることがあった。特に疑問には思わなかった。ＩＴ会社に呼ばれたとか、ゼミで何かあるとか、そんなようなことだと思ってた。そうではなかったのだ。

別の会社からの内定。そしてＩＴ会社への内定辞退。すべてを済ませてから、若緒はそれを家族に報告した。母、父、おれ、の順で。

その順番に意味はない。若緒が顔を合わせた順だ。若緒が帰ってきたとき、家には母がいた。だからまず母に話した。で、父が仕事から帰ってきたので、話した。で、残業を終えたおれも帰ってきたので、話した。おれが父より先に帰ってれば、順番は逆になってたはずだ。

でも話を聞いてみると。母が一番でよかった、とおれは思った。変わった就職先。それは大手の化粧品会社だったのだ。

二次募集があったので応募してみる気になったという。何故か。化粧品会社の営業をやってみたかったと母に聞いてたから。もちろん、理由はそれだけではない。若緒自身がやりたいと思ったことが第一。

おれが帰宅すると、若緒が二階から下りてきて、話してくれた。が、だいたいのところは母から聞いた。その母が温め直してくれた遅めの晩ご飯を食べながら、だ。

そのあとに、若緒本人からあれこれ聞いた。そこは訊きに行った。わざわざ若緒の部屋を訪ねた。

ＩＴ会社から内定をもらう前に話したときのように、若緒がベッドの縁に座り、おれが机の前のイスに座った。

まずはざっくり訊いた。

「結局、何でなの?」

「う ーん。そう言われると難しい。はっきりこうだからとは言えないかな。何か、いろいろ」

「そのIT会社が実はいやだったとか?」

「それはない。そういうことではないよ。もったいないなとは思ったし。この時期に辞退するのは本当に申し訳ないなとも思った」

「そう伝えたとき、いやなことを言われたりはしなかった?」

「しなかった。案外あっさりだったよ。そうですか、わかりましたっていう感じ。そのあたりはIT会社っぽかった」

「そういう学生は、ほかにもいるだろうからな」

「化粧品の営業をやりたかったっていうのをお母さんに聞いてから、そのことがずっと頭に残ってはいたの。それいいな、とは思ってた。わたしには無理かなぁ、とも思って、就活のときは初めから考えなかったけど」

「無理かなぁっていうのは、何で?」

「だって、こうだし」

足のことがあるから、ということだ。

わからないではない。気後《きおく》れはしてしまうだろう。別にその業界でなくても、とは思ってしまうだろう。

「で、八月にやっと内定をもらえて。やっと解放された気になって。すごく安心はしたんだけど。したらしたで、そのあとに、これでよかったのかなって思った。ほんとにやりたいことかな、自分に合ってるかなって。そんなときにその会社が二次募集することを知ったの。一次より門は狭くなってるはずだから無理だろうとは思ったけど、挑戦してみようとも思っちゃった。ダメでも失うものはないしって」

どうだろう。失うもの。まあ、ないのか。

「大学を受けるときはね、学校の先生でもいいと思ってたの。正直、お父さんが先生だからどうにかなるんだろうとも思った。教職をとるつもりでもいたし」

「とらなかったよな？」

「うん。その選択肢はすぐ消えた。お父さんには悪いけど、大学生になったときはもうそんなに惹かれなかったかな。ほかに何したいっていうのも、まだなかったけど」

「大学一年で就職のことまでは考えないもんな」

「でも二年生からは考えたよ。三年生の三月に就活は始まるわけだし」

「おれは三年の年明けからだったよ」

「ほんとに？」

「ほんとに。どうしようかなぁ、と思って。わかりやすい仕事がいいよなぁ、と思って。

スーパーならわかりやすいよなぁ、と思って。そんでスーパー。志望動機とかも考えやすそうだったし。実際、考えやすかったし」

「だとしたらそれは、スーパーがお兄ちゃんに合ってたってことだよ」

「そんなことないだろ」

「何でよ」

そう言われると、返事に困る。もしかして、スーパーはおれに合ってたのか？

「就活前に業界を絞るときは、スーパーもちょっと考えたよ。お兄ちゃんが入ったことで小売業界にも目が向くようになってた。コンビニバイトで接客の経験もあったし。その大変さも知ってたけど、楽しさも知ってたからね。就職するならコンビニよりはスーパーかな、と思った」

「何で？」

「お店が広いから」

「そんな理由？」

「そんな理由。それ、大事だよ。広いお店はやっぱり気分がいい。お客さんとしても、何か行きたくなる。消費って一番身近な娯楽だもんね」

「それは、そうかも」

「って、これ、お兄ちゃんが言ったんだよ」

「え？　そうだっけ。おれ、若緒にそんなこと言った？」

「大河から聞いた。付き合ってたとき」

「マジか」

「入社面接で言ったんでしょ？　ゾンビの話」

「それも聞いたのか」

「聞いた。笑っちゃったもん。バカだなぁ、と思って」

「バカって言うなよ」

と言いはするが、バカだった。大学三年の年明けからやっと就活のことを考えはじめるやつなんて、まあ、そんなものだ。

たかだか三年半前のこと。おれ自身、よく覚えてる。

最終面接の一つ前、一番大事な二次面接。どうにか通った一次面接であまり手応えがなかったので、おれは一か八かのつもりでこんなことを言った。

多くのゾンビ映画で、ゾンビたちは無意識にショッピングモールに集まります。消費行動が身に染みついてるから、なのだと思います。そしてそれは結局、人間にとって消費が身近な娯楽になってることの表れなのだとも思います。人間は、ゾンビになってまでスーパーに行きます。それほどスーパーが好きです。そこまで人間の生活に溶けこんでいる消費の現場で働きたいと、今、わたしは強く思っています。

何だ、それ。と面接官に言われはしなかった。あとで自分で思っただけだ。

それが奏功したのかは知らないが、二次面接もまさかの通過。

そして最終面接で、おれはこう言われた。

「あぁ。ゾンビの君か」

言ったのは、門口慶蔵《かどぐちけいぞう》現社長。当時はまだ常務だったが、今は社長。

その門口現社長は、おれにこんな意地悪質問をしてきた。

「もしもゾンビが本当に店に来てしまったら、三上くんはどうしますか？」

迷うな、と思い、おれはロクに考えもせずにこう答えた。

「お客様を守ります」

「おぉ」と門口現社長は笑った。「では次に何を守りますか？」

商品を守ります、と答えそうになり、直前で変えた。

「従業員を守ります」

「ほう」門口現社長はなお笑って言った。「どうかそうしてください。でも君自身が従業員であることも忘れないように」

この最終面接はあくまでも役員との顔合わせ。落とされることはあまりないと聞いていた。でもダメかも、と思った。役員の一存で合否がひっくり返ることも稀《まれ》にあるとも聞いてたからだ。

ひっくり返らなかった。ふざけ過ぎ、とはとられなかったらしい。おれは合格した。ヤバい、ほんとにゾンビが店に来たらどうしよう、と思った。おれはお客様や従業員を守れるのか？

と、まあ、そんな話を、大河にしたのだ。事故の一年以上前。おれらが大学四年生のときに。

この手のことをこれまでは訊かなかった。でも今は訊いておきたい。おれは若緒に言う。

「化粧品の営業。たぶん、人前に出る仕事だけど。いいの？」

「いいよ。わたし、人前に出たい」

「ＩＴ会社とちがって、異動したりする可能性もあるんだよな？」

「あるね。総合職だし」

「そうなったら、行く？」

「もちろん、行くよ。全国どこにでも行く。化粧をする人は全国どこにでもいるから」

「そのときはもう結婚とか、してるかもしれないよな」

「ダンナさんがこっち勤めで子どももいたりすれば、多少は考慮してくれるんじゃないかな」

「するかな、会社が」

「しないとしても。そのときに考えるよ。今そこまで考えてもしかたない」

「まあ、そうか。それにしても、よく受かったよな」

「同感。ただね、就活をしてみて、思った。わたし、これで結構覚えてもらえるの」

「これで？」

「足で」

「あぁ」

「こないだの君かっていう感じに見てもらえたりする。わたし自身、そのことがわかる」

それは必ずしもいいことではないのかもしれない。といって、必ずしも悪いことでもない。本人のとりようだ。

「だからね、何ていうか」

「何？」

「歩けるだけいい。初めてそう思ったよ。こういうことで歩けなくなっちゃう人もいるんだから」

それには言葉を返せない。おれなんかに返せる言葉はない。

「わたしね、このあとまた教習所に通うつもり」

「教習所。それは、いいな」

「三月までには免許をとる。運転に支障はないんだから、とんなきゃ。営業志望なんだし」

新宿の沖縄料理屋で美令は言った。気合の入った若緒ちゃん。本当にそのとおりだ。

事故から一年で就活に臨《のぞ》み、乗りきった。志望してたＩＴ会社から内定を得た。それだけで充分気合は入ってると思うが。若緒は超えてきた。そこで立ち止まらず、さらにその先へ行った。妹ながら、すごい。

「おれも、ちょっとは出すよ」

「ん？」

「教習代」

「あぁ。何で？」

「いや、まあ、就職祝みたいなもんで」

「いいよ。それはお父さんとお母さんが出してくれるって。初めの教習代は無駄にしちゃったから、あとで返すつもりではいるけど」

「じゃあ、その無駄にしちゃった分をおれが出すよ」

「だからいいよ」

「いや、出す。一応、働いてるし」

「それはいいから、とりあえず内定祝をしてよ」

「内定祝って、何？」

「『羽鳥』でクリームソーダおごって」

約束は午後三時。待ち合わせ場所は、おれの家から一番近い階段を上った先。階段というのは、堤防の階段。

河川敷で大河と会う。電話ではない。直接会う。大河とはそうするべきだと思った。母とは電話で話した、亮英とも電話で話した。母は近すぎ、亮英は遠かった。大河はどちらでもない。母ほど近くはないが、亮英ほど遠くもない。

一度会おう、と思った。思ったなら早いうちに、とも思った。ちょうど休みが重なることがわかったので、今日にした。平日、月曜日の午後三時だ。

おれは五分前に行った。大河はもう来てた。それは意外だった。何となく、階段を上ってくる大河をおれが迎える、という形になると予想してたのだ。

だからちょっと驚き、こんなことを言った。

「何だ。早いな」

「五分前行動に慣れちゃってるんだよ。営業がお客さんとの約束に遅れるのはタブーだから」

「おれも五分前に来たよ。今が五分前」

「傑もそうするかと思って、その五分前に来た」

「十分前行動じゃん」

「いや。相手の行動を予測しての、五分前行動だよ」

「すごいな」

「って、うそ。ただ早く家を出すぎただけ」

久しぶりなのに、思いのほか普通に話せた。まだ大河と普通に話せることがわかった。

まあ、それはそうだ。一年半前まで、おれらは普通に話してたのだから。中学で一緒になってからそこまでの十年間ずっと。

何だかもう、これで充分のような気がした。

話があるとか、そんなことを言って大河を呼び出したわけでもないのだ。〈ちょっと川んとこをぶらぶらしよう〉とのＬＩＮＥを送っただけ。で、待ち合わせの日時と場所を決めただけ。

「あぁ。やっぱ川はいいな」と大河は言う。「河川敷、やっぱ広いな。これだけあったら家を何軒建てられるだろうって、いつも思うよ。その家を全部おれに売らせてくんないかな、それで十年分のノルマ達成、みたいなことになってくんないかなって」

「ノルマ、あるんだ?」

「あるな。ノルマとは言わないで、目標って言うけど。歩く?」

「うん」

二人、なだらかな階段を下り、野球場のわきの道に出る。緑の中央線が引かれた舗装道だ。車は通れない。歩行者や自転車のための道。

誰もいない野球場に足を踏み入れる。内野ではない。ファウルゾーン。そして少し川に近づく。

河川敷は何がいいって、こうして土のグラウンドや芝地に足を踏み入れられるのがいい。土や芝のやわらかさを感じられる。やわらかさというか、硬くなさ。アスファルトやコンクリートには望めないそれ。都内で暮らしてると、その硬くなさを感じられることは滅多《めった》にないのだ。人によっては一年に一度もないかもしれない。行かない人は、公園なんかにも行かないから。

お兄ちゃんは特になし、と若緒は言った。あの家族会議のとき。お母さんは大河を恨んでもいい、と言い、お父さんが大河を責めないのはうれしい、と言ったあのときだ。

あとで思った。だったら兄のおれには大河と仲よくするよう言うべきではないのかと。

でもそれはちがうのだと気づいた。若緒が母と父に言ったのは、どちらも家のなかでのこと。母が大河を恨むのも、父が大河を責めないのも、三上家のなかでのことだ。おれが大河と仲よくするのは、ちがう。家のなかではない。外でのこと。

おれは勝手にそう解釈した。そこをどうするかはおれ自身に委《ゆだ》ねられたのだと。つまり、それはおれ自身が考えて決めることなのだ。

大河とおれはさらに川に寄る。グラウンドの端に立ち、そこから川を眺める。

「おれの名前、大河ってさ、この川から来てるんだよ」

「それは、初めて聞いたな」

「そうだっけ」

「うん」

「荒川。東京では確かにデカいけど、大河ではないよな」

「いや、大河でしょ。おれらレベル、というかおれレベルの人間からすれば、やっぱ大河だよ。階段を上って河川敷に出るたびに、デカって思うし」

「それは思うな。二十五年住んでても思うよ」

言おうか言うまいか少しだけ迷う。言う。

「ゴールデンウィークにさ、飲み会があったじゃん」

「あぁ。あったんだな」

「あのとき来なかったのは、来づらかったから?」

「いや。仕事。ゴールデンウィークはお客さんとのアポも増えるから、普段の土日より忙しいんだよ」

「そうか」

「うん。ただ、その飲み会がゴールデンウィークでよかったとは、正直、思ったかな。よかった、行けないって。これで大手を振って、行けないって」

「大手は、行くときに振るもんだけどな」

「でも振ってたよ。行きづらくはあった。傑は来ないかとも思ったし」

「行ったよ」

「おれに会いたくは、なかったよな？」

「なかったかも。大河が来なかったから、ちょっとほっとして、そのうえで、何で来ねえんだよ、と思った覚えがある。で、代わりに亮英に食ってかかった」

「そうなの？　何それ」

「聞いてないんだ？」

「知らない」

「じゃあ、いいよ。わざわざ言うほどのことでもない。おれがいやなやつだっていう話」

「そのときではないけど。汐音とも話したんだよな？」

「うん。声をかけられて驚いた」

「汐音も言ってたよ、三上くんを見かけて驚いたって。まさかこんなとこで会うなんてって」

こんなとこ。図書館。

「傑」

「ん？」

「いろいろ悪かった。マジで」

「いいよ。おれがどうこう言うことじゃない」

「いや、言うことだろ。言っていいことだろ」

「だとしても、いいよ。もういい」

許す、とおれが言うのもおこがましい。

おれが許すも許さないもないのだ。そのことがやっとわかった。一年八ヵ月をかけて。

今自分で言ったとおり。おれはいやなやつだ。人の好き嫌いも、たぶん多い。それはもう認めるしかない。この先もそんなには変わらないだろう。ただ、嫌いな人がいやな目に遭えばいいとは思わない。幸い、そう思うようにはできてない。それだけが救いだ。

安いテレビドラマなんかで、人は変われますよ、とよく言ったりする。おれは変えられないと思う。変えられる部分もあるというだけ。そこを端折って人は変われると言っちゃうのはダメだろう。

人間、ものの感じ方は変えられない。これはちょっといやだな、と感じてしまうのはしかたない。でも感じたあとの行動を変えることはできる。こうは動くまいと努めることはできる。その意味でのみ、人は変われる。ただし、とても難しい。それは、生きてるあいだずっと自分を律しつづけるということだから。

「あれっ」と大河が言う。

　パンツのポケットからスマホを出して、画面を見る。

「汐音からだ」

　そしてメッセージを読み、返信はせずにスマホをポケットに戻す。

「何て?」と訊いてみる。

「今日早めに上がれるから出てこないかって。傑と会うことは言ってないんだよ」

「返事、すれば?」

「いいよ」

「というかさ、行きなよ」

「え?」

「行ってきなよ」

「いや、でも」

「おれらはもう歩いたし」

「歩いたって。百メートルぐらいだろ」

「五十メートルぐらいかも。でも充分だよ。用は済んだ。男二人で河川敷を歩くっていうのも何だし。カノジョは大事だよ。マジで大事。また今度飲もう。休みが合ったら、その前の日にでも」

「ああ。そうだな」

「おれはもうちょっとぶらぶらしていくよ」

「マジで、いいのか？」

「いいよ。石垣さんによろしく」

「伝えるよ。じゃあ、また」

「うん。また」

大河は去っていく。その後ろ姿を見送る。

階段を上りきったところで大河は振り返り、手を挙げる。おれも挙げ返す。

大河の姿が、堤防の向こうへ消える。おれもゆっくりと河川敷の道へ戻る。そして振り返る。再び荒川に向かう。

道はどちらへも延びてる。左は上流側へ。右は下流側へ。

そのどちらへ行くのが前向きなことなのか。

考えてもいないのに、結論が出る。

行く方向ではない。行くときの気持ちだ。

結局精神論かよ、と思い、ちょっと笑う。今日は江藤くんの登場もなしか、とも思い、さらに笑う。

広い河川敷。建物はない。陽射しを感じる。遮《さえぎ》るものがなければ、陽は地を、そこに立つ人を必ず照らすのだということに、あらためて気づく。

時間調整のため、上流側へゆっくり十五分歩く。

それでちょうど現れるのが、平井運動公園。

江藤くんと行った五月には、シャーレイポピーが咲いてた。十月の今は、コスモスが咲いてる。赤に白にピンク。ピンクはやや紫がかってる。シャーレイポピーは赤が強かったが、コスモスはちがう、もろの赤は少ない。全体的に、淡《あわ》い。でもやはりきれいだ。

そこでターンして、今度は下流側へゆっくり十五分歩く。戻る。

さあ。このあとは、若緒と喫茶『羽鳥』でクリームソーダ。

二十五歳の兄と二十二歳の妹がそろってクリームソーダを飲んでたら気味が悪いと思われるかな。まあ、いいか、思われても。少なくとも店主の菊子さんは思わないだろうし。『羽鳥』にはお客さんそのものがそんなにはいないだろうし。

堤防の階段を上り、住宅地側へ下りる。

若緒みたいに、両足で一段ずつ下りてみる。五段ほどそうしてから、いつもどおりの、左で一段右で一段、に戻す。やはりちがうな、と思う。これがいつもとなると大変だ。階段の長さは二倍に感じられるだろう。

道路を渡り、家へ。

ちょうど玄関のドアが開き、若緒が出てくる。あぁ、いたの、という感じにおれを見る。

おれは若緒を見て、その後ろにある家を見る。近すぎて、全体を視界に収めることはできない。

「行く?」と若緒が言い、

「うん」とおれが言う。

二人、並んで歩く。

おれはすぐに振り向く。家全体を視界に収める。全体といっても、隣の郡家で半分は隠れてしまうが。

「何?」と若緒。

「いや」とおれ。

おれの家。父と母と若緒とおれの家。三上家。

前に向き直り、若緒の横顔をチラッと見る。

真顔。でも何かあればすぐ笑顔に変わりそうな、真顔。

大河と会ったことを言おうかな、と思う。会うことは言ってないのだ。言うことでもないから。

「クリームソーダを頼むはずが」と若緒が言う。「いざ『羽鳥』に行ったらまたコーヒーを頼んじゃったりして」

「ああ。気をつけないと」とおれも言う。「クリームソーダでも、ピーナッツは出てくんのかな」

「出てくるでしょ。菊子さんは、出すよ」

「出てきたら、若緒は自分のを食えよ」

「ダメ。またお兄ちゃんのをもらう。お兄ちゃんが開けたのを、もらって食べる。わたしはそんなに食べてない感じにする」

「だから何なんだよ、その感じ」

「ものごとはね、すべて気持ちの問題なんだよ。気の持ちようで、どうとでもなるの。って、ゼミの先生が言ってた」

「先生、適当なこと言いやがって」

おれがふざけて言ったのはちゃんと伝わったらしく、若緒は笑う。本当に、すぐ笑顔になる。

歩けるだけいい。そんなこと、自分が足を引きずるようになってから言え。

何ヵ月か前にそう思ったことを思いだす。

今のおれはこう思う。

歩けるだけいい。本人がそう言えるのなら、それでいい。

この物語はフィクションです。
登場人物、団体等は実在のものとは一切関係ありません。
この作品は令和四年二月、小社より四六判で刊行されたものです。
文庫化に際し、著者が加筆修正を施しています。

いえ

一〇〇字書評

切り取り線

購買動機（新聞、雑誌名を記入するか、あるいは○をつけてください）	
□（　　　　　　　　　　　）の広告を見て	
□（　　　　　　　　　　　）の書評を見て	
□ 知人のすすめで	□ タイトルに惹かれて
□ カバーが良かったから	□ 内容が面白そうだから
□ 好きな作家だから	□ 好きな分野の本だから

・最近、最も感銘を受けた作品名をお書き下さい

・あなたのお好きな作家名をお書き下さい

・その他、ご要望がありましたらお書き下さい

住所	〒				
氏名		職業		年齢	
Eメール	※携帯には配信できません	新刊情報等のメール配信を 希望する・しない			

この本の感想を、編集部までお寄せいただけたらありがたく存じます。今後の企画の参考にさせていただきます。Eメールでも結構です。

いただいた「一〇〇字書評」は、新聞・雑誌等に紹介させていただくことがあります。その場合はお礼として特製図書カードを差し上げます。

前ページの原稿用紙に書評をお書きの上、切り取り、左記までお送り下さい。宛先の住所は不要です。

なお、ご記入いただいたお名前、ご住所等は、書評紹介の事前了解、謝礼のお届けのためだけに利用し、そのほかの目的のために利用することはありません。

〒一〇一－八七〇一
祥伝社文庫編集長　清水寿明
電話　〇三（三二六五）二〇八〇

祥伝社ホームページの「ブックレビュー」からも、書き込めます。

www.shodensha.co.jp/bookreview

祥伝社文庫

いえ

令和 7 年 2 月 20 日　初版第 1 刷発行

著　者　小野寺史宜《おのでらふみのり》

発行者　辻　浩明

発行所　祥伝社《しょうでんしゃ》

東京都千代田区神田神保町 3-3
〒101-8701
電話　03（3265）2081（販売）
電話　03（3265）2080（編集）
電話　03（3265）3622（製作）
www.shodensha.co.jp

印刷所　萩原印刷
製本所　ナショナル製本
カバーフォーマットデザイン　芥 陽子

本書の無断複写は著作権法上での例外を除き禁じられています。また、代行業者など購入者以外の第三者による電子データ化及び電子書籍化は、たとえ個人や家庭内での利用でも著作権法違反です。
造本には十分注意しておりますが、万一、落丁・乱丁などの不良品がありましたら、「製作」あてにお送り下さい。送料小社負担にてお取り替えいたします。ただし、古書店で購入されたものについてはお取り替え出来ません。

Printed in Japan ©2025, Fuminori Onodera ISBN978-4-396-35102-1 C0193

祥伝社文庫　今月の新刊

小野寺史宜
いえ
妹が、怪我を負った。負わせたのは、おれの友だち。累計60万部突破、二〇一九年本屋大賞第二位『ひと』に始まる荒川青春シリーズ。

門井慶喜
信長、鉄砲で君臨する
織田だけが強くなる――『家康、江戸を建てる』の著者が、信長を天下人たらしめた鉄砲伝来と日本の大転換期を描く、傑作歴史小説。

富樫倫太郎
火盗改・中山《なかやま》伊《い》織《おり》〈二〉
鬼になった男
火盗改の頭を、罠にはめる。敵は周到で冷酷無比の凶賊、〝黒地蔵〟。中山伊織の善なる心に付け込む奸計とは!? 迫力の捕物帳第二弾。

夏見正隆
TACネームアリス
スカイアロー009危機一髪
研究員、拉致さる! 軍事転用可能な最先端技術と人材の国外流出を阻止せよ。舞島シスターズが躍動する大人気航空アクション第五弾!